甲子園で勝ち上がる全員力

中村好治
三重高校野球部総監督

竹書房

はじめに

2013年6月、それまで三重中京大学野球部で監督を務めていた私は、系列の学校である三重高校野球部のコーチに就任し、その翌年となる2014年春から正式に監督に就任した。

いい選手が揃っていたこともあり、本校はその年の夏、三重県の予選を勝ち抜き甲子園に出場した（三重高が夏の甲子園に出場するのはこの時で2年連続、計12回目）。初戦の広陵戦で延長戦の末、5－4のサヨナラ勝ちを収めるとその後は勢いに乗り、

2回戦	大垣日大	4－2	○
3回戦	城北	7－5	○
準々決勝	沖縄尚学	9－3	○

準決勝　日本文理　5－0　○

と快進撃を続け、決勝戦ではあの大阪桐蔭と対戦。結果は3－4の惜敗だったが、大阪桐蔭と互角の戦いを繰り広げ、王者をあと一歩のところまで追い詰めた。

そして迎えた2018年春、本校はセンバツの準決勝で再び大阪桐蔭と相まみえることとなった。

4年前よりさらに野球の質を高め、高校球界の〝絶対的王者〟として君臨している大阪桐蔭を相手に私たちがどこまでできるのか。挑戦者として臨んだこの試合で私たちは再び大阪桐蔭と接戦を繰り広げ、9回が終わって2－2の同点で延長戦に突入。三重にも度々勝機は訪れたがいずれもものにできず、延長12回の裏、大阪桐蔭の四番・藤原恭大選手（2018年ドラフトで3球団競合の末、千葉ロッテマリーンズから1位指名）にサヨナラヒットを放たれ2－3で敗れた（試合内容に関しては後述）。

みなさんご存じのように、我が三重高は私が監督に就任する以前から三重県の強豪として知られ、1961年の創立以来、現在までに春夏合わせて26回の甲子園出場を果たしている。

しかし、聖地・甲子園ではなかなか持ち前の力を発揮することができず、近年ではほとんどが1回戦敗退で、２回戦進出が最高の成績であった。

力はあるのに、なぜ甲子園で勝てないのか？

選手たちが本番でその力を十二分に発揮するには、どうしたらよいのか？

三重高監督に就任した私は、日々そのことだけを考え、選手たちと同じ目線で練習に取り組み、上から押さえつけるような指導は決してせず、本書の中で詳しく述べていくが、本校ならではの『全員野球』をスローガンに掲げ、チーム一丸となって戦ってきた。

選手たちの自主性を育み、それぞれが「考える野球」を実践していくためには、日頃からどのような取り組み方をしていけばいいのか。私が行ってきた指導のすべてを本書にまとめさせていただいた。

なぜ私たち三重高が、短期間のうちに甲子園で勝てるチームへと変貌することができたのか？

選手集めも行っておらず、地元の選手中心で構成されている本校が、なぜあの大阪桐蔭と接戦を演じるまでに成長できたのか？

本書を読めば、それがきっとわかっていただけるはずである。

甲子園で勝ち上がる全員力

目次

第2章 私が掲げる『全員野球』と「高校野球は7年間」の意味

第3章 三重高校の『全員野球』とその指導法

第4章
甲子園で勝ち上がるための練習と育成術

第5章 これからの三重高、そして三重県野球

第1章

大阪桐蔭を二度も追い詰めた三重の『全員野球』

三重高校と野球部の歴史

三重県松阪市にある三重高校は1961年に創立された私立高校で、進学校でありながら文武両道を掲げているため運動部の活動もとても盛んだ。

県内有名企業の経営者には三重高の出身者が多く、地元の名士と呼ばれるような存在の方々はほとんどが本校出身といっても過言ではないくらい、三重県ではとても有名な学校である。

野球部は、創部7年目の1969年春のセンバツで甲子園に初出場して以来、春夏合わせて通算26回（春14回、夏12回）の出場を果たしており、全国制覇を一度（1969年春）と準優勝を一度（2014年夏）記録している。

私は2014年の春に本校の監督に就任し、「はじめに」でも触れたように夏の甲子園ではチームを準優勝に導くことができた。

その後、私は4年間監督を務め、2017年の夏の大会が終わった後に監督を退き、それまでコーチ（副部長）だった小島紳先生（当時27歳）が野球部の新監督に就任した。以降、私は「総監督」という立場で以前と変わらず（というより以前よりも密に）選手たちと日々の練習に明け暮れている。

私の後を受けてくれた小島監督は若く、その情熱的な指導で就任直後の秋の大会で好成績を収め、2018年のセンバツ出場を果たしてくれた。

そのセンバツで、小島監督はマスコミから「平成生まれの若き監督」とか「大会最年少監督」として大変注目され、「これでは試合に集中できないのではないか」と私も気をもんだものだがそれは杞憂に終わり、小島監督率いる新生・三重高は大阪桐蔭に準決勝で敗れはしたものの、ベスト4まで勝ち進むという好成績を残してくれた。

その直後、残念ながら2018年の夏の甲子園出場はならなかったが、再び甲子園で勝ち上がることを目指し、今も私は小島監督と二人三脚で野球部を指導している真っ最中である。

なぜ、王者・大阪桐蔭を二度も追い詰めることができたのか

2014年の春に私が監督となって以降、甲子園で二度大阪桐蔭と対戦し、いずれもあと一歩及ばず涙を飲む結果となった。

ここではそのふたつの試合を振り返ってみたい。まずは決勝で大阪桐蔭と戦った2014年夏の甲子園（第96回全国高等学校野球選手権大会）から。

この年の春、監督に就任したばかりの私は「何とかこのチームを甲子園に」と思いながら毎日指導していたが、まさか全国大会で準優勝するようなチームになるとは夢にも思っていなかった。

予選となる県大会の準々決勝、海星戦では、エース左腕・今井重太朗が初回によもやの6失点。しかし選手たちがそこから奮起して逆転勝ちを収め、さらに準決勝の稲生戦も3－6で負けていたがなんと雨によって降雨ノーゲームとなり、

再戦で何とか勝つことができた。

まだこの時点では投手力、打撃力ともに今ひとつのチームだった。しかし「何かやってくれそうだ」という不思議な力、言い換えれば〝勝負運〟のようなものを持っていたのは確かである。

県予選の決勝の相手は県内の強豪として知られる菰野だったが、ここで彼らは驚異的な強さを見せ14－1の大勝を収めた。今振り返れば、「甲子園準優勝」の快進撃はここから始まったといってもいいかもしれない。

実はこの年のチームは、前年の秋の大会からずっと勝ち続けており、神宮大会にも進出し、その後の春のセンバツにも出場している。

さらに、県予選を奇跡的に勝ち抜く〝勝負運〟もあったが、とはいえ「甲子園で勝ち上がっていけるか？」といえば疑問符の付くチームだった。県代表を勝ち取るそれなりの強さは持っていたが、甲子園で決勝まで進めるような飛び抜けた強さは夏の予選の時点ではまだ持っていなかった。

県予選や甲子園を戦っていく中で最終的には走攻守、投手力、どれを取っても高いレベルに達したものの、甲子園開幕前における私の評価は「甲子園で勝つにはやや物足りない」といった状況だったのだ。

大阪桐蔭との決勝で味わったふたつの後悔

県予選の決勝戦で大勝し、チームの雰囲気はとてもよかったが、そんなチームをさらに勢いづけてくれたのが甲子園初戦の広陵戦での延長サヨナラである。土壇場の9回裏、2－4から2点を加えて同点とし延長戦に突入。息詰まる展開で迎えた11回裏、二死満塁から押し出し四球を選び、私たちはサヨナラ勝ちを収めた。ここから甲子園での快進撃が始まった。

ダークホース的な存在だった本校はその後、2回戦、3回戦、準々決勝、準決勝と勝ち抜き、決勝戦の相手は大阪桐蔭に決まった。チームは一戦ごとに力を付けていたので、私は優勝候補の筆頭である大阪桐蔭にも「これなら勝てるかもしれない」という、淡い期待のようなものすら抱いていた。

しかし、さすがは王者・大阪桐蔭である。この年の大阪桐蔭は例年にも増して付け入る隙のないチームだった。

この決勝において、私は戦術的にふたつの後悔を味わうこととなった。

まずひとつ目の後悔は7回表、三重の攻撃。3－2と私たちが1点をリードしている状況で、ランナーが三塁まで進んだ。是が非でも追加点が欲しかった私は、ここでスクイズのサインを出した。

大阪桐蔭のピッチャーはエースの福島孝輔投手（現・ホンダ鈴鹿）だった。モーションに入った彼は三塁ランナーがスタートを切るのを見て、なんとスライダーの握りのままでピッチドアウトしてきた。バッターは外された投球をバットに当てることができず、三塁ランナーは三本間に挟まれてタッチアウトとなった。

この時、大阪桐蔭のキャッチャーは、座ったままの状態でピッチドアウトされた投球を捕りにいっていた。つまり、私たちのサインが相手バッテリーに見破られていたわけではなく、あくまでも福島投手の咄嗟の判断でピッチドアウトは行われたのだ。

高校野球のレベルで、あのタイミングでピッチドアウトできるピッチャーはそうそういない。少なくとも、三重県の野球レベルにおいて、あのスタートのタイミングでピッチドアウトされることはまず考えられない。また、あの場面でピッチドアウトした福島投手もさることながら、横井佑弥捕手も座ったままであの投球をよく捕ったと思う。

このように、桐蔭バッテリーのレベルは非常に高かった。だから1点ビハインドの場面でも余裕があった。彼らは私たちより、一枚も二枚も上手だったのだ。

甲子園で勝つのも負けるのも、ほんの少しの差

それ以来、本校ではスクイズの時、三塁ランナーはどのタイミングでスタートを切ればいいのか、ピッチャーのモーションがどのような状態になったら「G

0」なのかを細かく練習するようになった。つまり「絶対に外されないタイミングでのスタート練習」である。

「絶対に外されないタイミング」とは、足を上げたピッチャーの重心がホーム方向に移った時のことだ。さらに第二リードの動きも小さくする。バント、スクイズの練習は普段からしっかり行っているため、選手たちはボールをバットに当てることには自信を持っている。ならば、スタートもそれほど慌てる必要はない。あの決勝戦以降、私たちはそのようにスクイズでのスタートに対する考え方、練習方法を改めた。

そして、決勝戦でふたつ目の後悔は、7回の逆転された場面である。2アウト満塁から大阪桐蔭の一番バッターにセンターの10センチ手前にポトンと落とされ、それが2点タイムリーとなり3－4と逆転されてしまった。

一番バッターが打席に立つ直前、私はセンターを守っていた選手に「前に来い」と指示を出したのだが、選手はちょっと前に移動しただけで済ませてしまった。私としては本当はもっと前に来てほしかった。しかし、私はそれ以上の指示を出すことができなかった。
実はこの一番バッターは、2打席目に痛烈なレフトオーバーの二塁打を放っていたからだ。センターの選手はそれを覚えていたため、「前だ」という私の指示を受けても、思い切って前に来ることができなかった。そしてその結果、センターの前に打球はポトンと落ち、タイムリーヒットになってしまった。あの時、私がもっとしつこく「前に来い」と指示をしていれば、きっとあの逆転打は防げていたと思う。

以上のふたつが決勝戦を戦っての私の後悔である。この時の甲子園の1回戦（広陵戦）、三重は9回1アウト、ランナーなし、2－4の2点ビハインドの状態から同点としたのだが、同点の皮切りとなったのもレフトの10センチ手前にポトンと落ちるヒットであった。準優勝となったこの甲子園で、私は「勝つのも負けるのも、ほんの少しの差なのだ」と痛感した。甲子園では「まさかそんなことは起こらないだろう」ということが起きるのだ。

私の指導歴を振り返ると、なぜか準優勝が多い。でも私は「準優勝には準優勝のよさがある」とポジティブに捉えるようにしている。準優勝にはうれしさの中に悔しさがある。そしてその悔しさが次の壁を超えるバネになる。考え方ひとつで、何事も前向きに取り組むことができるようになるのである。

三重高の『全員野球』
――ベンチ入り18人が全員戦力

準優勝した2014年の夏の甲子園で、私は1回戦の広陵戦から大阪桐蔭との決勝戦までの計6試合で、ベンチ入りさせた18人のうち17人を試合に起用した。このことは決勝戦翌日のスポーツ新聞などにも取り上げられ、本校の『全員野球』が全国に知られるきっかけにもなった。

私はこの大会以前から、ずっと『全員野球』をスローガンに掲げていた。宮崎の日章学園で初めて高校野球の監督を務めた時も、言葉にこそ表しはしなかったものの、心の中には『全員野球』の思いが常にあった。

私にとっては、ベンチ入りさせた18人全員がチームの貴重な戦力である。それが『全員野球』の根本である。残念ながらこの時の甲子園では、伝令役としてベンチ入りさせた三宅穂昴だけは起用してあげることができなかった。しかし、甲子園という大舞台でも、三重高の『全員野球』はある程度しっかり貫くことができたと思っている。

私が考える「戦力」とは、野球がうまければいいというものでは決してない。ベンチで誰よりも声を出す、ベンチのムードが暗くなった時に明るくしてくれる、そんな選手も私にとっては貴重な戦力なのである。

だから私は選手たちに常々「ベンチ入りしたいなら〝これだけは誰にも負けない〟というものをひとつ持て」と話している。

先述した伝令役としてベンチ入りさせた三宅は学校で生徒会長を務め、普段から勉強もしっかりしていた。部員の中で誰よりも「文武両道」を貫いていたのが三宅だった。だから私は、野球の技術だけなら平均レベルの彼をベンチ入りさせたのだ。もちろん、彼のベンチ入りに文句を言うチームメートはひとりもいなかった。そして彼は、甲子園で何度も伝令役としてグラウンドの選手たちに指示を出し、時に激励、鼓舞しながら重要な役割を全うしてくれた。

高校野球はプロ野球のような「商売」ではなく、「教育の一環」である。だが、甲子園熱が高まりすぎた強豪野球部の中には、勝利至上主義に走ってしまっているチームも少なくない。しかし、そのような野球は「教育の一環」としての機能は果たしていないように思う。

ベンチ入りした全員で足りないところを補い合い、人にはそれぞれ長所・短所があることを知り、組織には役割というものがあることを身をもって学ぶ。野球というスポーツを通じてチームワーク、さらには人を思いやる気持ちを育んでいく。高校野球においては勝つことも重要だが、それがすべてではない。

「教育の一環」である高校野球は全員で戦ってこそ、高校野球なのだと私は考えている。

再び大阪桐蔭を追い詰めた2018年センバツ準決勝

2018年のセンバツで、私たちは大阪桐蔭と再び相まみえることになった。実はセンバツ前の練習試合で、岡山遠征をした際に私たちは一度、大阪桐蔭と対戦していた。この時はサウスポーの横川凱投手（2018年ドラフトで読売ジャイアンツから4位指名）が先発、途中から根尾昂投手（2018年ドラフトで4球団競合の末、中日ドラゴンズから1位指名）も投げてきたが、私たちは彼のスライダーに狙いを絞り、根尾攻略に成功していた。

2017年の秋以降、私は総監督という立場となり、ベンチでの指揮は小島監督が務めていた。大阪桐蔭は優勝候補の筆頭だったが、私と小島監督は直前の練習試合のイメージもあったため、この準決勝に関しては「しっかりと狙い球を絞っていけば勝てる」と踏んでいた。

このセンバツでは、エースナンバーの柿木蓮投手（2018年ドラフトで日本ハムファイターズから5位指名）、根尾投手ともに四球が多く、私からするとふたりとも本調子ではないように見えた。「付け込む隙はいくらでもある」と私は考えていたのだ。

準決勝の先発は柿木投手だった。私たちは本調子ではない柿木投手から3回に2点を先取。三重先発の定本拓真の調子もよく、序盤は私たちが優位に試合を進めていた。

すると5回、大阪桐蔭の西谷浩一監督は柿木投手に代えて根尾投手をマウンドに送ってきた。さすがは百戦錬磨の指揮官である。大事な一戦では、監督の一瞬の迷いが「負け」につながってしまうことが往々にしてある。代える時は躊躇なくスパッと代える。これが肝心なのだが、そういった思い切った采配、的確な判断のできる監督は実はとても少ない。延長戦へともつれたこの試合は結局3－2で大阪桐蔭の勝利となるが、影のMVPは柿木投手を躊躇なく代えた西谷監督といってもいいかもしれない。

桐蔭打線を抑える方法

話を5回の時点に戻そう。リリーフとして登板した根尾投手は、ここまでの試合では四球が多く、中でもストレートの制球に苦しんでいるように見えた。そこで三重のバッターは根尾投手のストレートは捨て、スライダーだけに狙いを絞るべきだったのだが、それが徹底できなかった。

根尾投手がいくら制球に苦しんでいたとはいえ、投げるボールはどれも超高校級である。狙い球を絞っていなければ、どうしてもボール球にも手が出てしまう。春先の練習試合では根尾投手のスライダーに狙いを絞って攻略したのだから、ここでもそうすればよかったのだが、それがしっかりとはできなかった。

その後は根尾投手と定本の投げ合いとなり、勝利目前の9回裏に大阪桐蔭に2－2の同点とされて延長戦に突入。先発の定本は延長戦に入ってもがんばって投げ続けていたが、疲れの見えた12回裏、大阪桐蔭の四番、藤原選手にサヨナラヒットを打たれて2－3のサヨナラで下された。

大阪桐蔭の打線は確かに強い。しかし私は、インコースのボール球をうまく使えば、並み居る強打者たちを抑えられると考えていた。大阪桐蔭のような強打の打線を封じるには「インコースをいかに攻めるか」がポイントとなる。実際、定本は私の狙い通りのピッチングで強力打線を封じていたが、延長12回になってバテてしまった。そして甘く入ったボールを、高校球界屈指の四番打者である藤原選手が見逃してくれるわけもなかった。

この敗戦の最大のポイントは、三重打線の選球眼の悪さにあった。

本校ではバッティング練習の際、捕手の後ろに球審役の選手を配し、ストライクとボールをしっかりと見極められるような取り組みをしていた。だが、センバツの開幕直前にそういった練習を徹底してできなかったことが、この敗戦につながったように思う。

ピッチャーの投球を見送る際、最初から見送るつもりで打席に立っていても本当の意味での選球眼は磨かれない。選球眼のいいバッターとは、「打ちにいって見送る」ことのできるバッターである。

2018年の三重高の3年生にはいいバッターが多かった。みんなバッティングには自信があるから、打撃練習では多少のボール球でもヒットにしてしまう。そんな「過信」がセンバツの準決勝で露呈してしまったように思う。

甲子園のマウンドに上がるピッチャーは、当然のことながら全国レベルのピッチャーばかりである。そんな好投手を相手にして、ボール球にまで手を出していたら凡打の山となり、得点できるわけがない。ボールをきっちりバットの芯で捉えるには、自分のゾーンを体で覚え、ストライクとボールをしっかりと見極める必要があるのだ。

大阪桐蔭はなぜ強いのか?

大阪桐蔭と二度対戦して、私はその強さを実際にこの目で見て、肌で感じることができた。

大阪桐蔭の強さ。それを一言で表すとするならば「対応力」にあると思う。

1打席目で打ち取ったとしても、次の打席でしっかりと対応、修正してくるのが桐蔭打線の強さである。1巡目を何とか抑えても、大阪桐蔭のバッターは2巡目から打席内での対応、考え方を変えてくる。

2014年の一度目の対戦でそのすごさを直に感じていた私たちは、二度目の対戦となった2018年の準決勝で、彼らの対応力の高さを逆手に取る戦い方をすることにした。大阪桐蔭が2巡目から対応を変えてくることはすでにわかっている。だから私は本校のピッチャーに2巡目、3巡目とその都度、やり方を変えるように事前に指示を出したのだ。

具体的にいえば、ピッチャーの足の上げ方や間の取り方、さらにはバッテリーの配球の組み立て方を変え、桐蔭打線に的を絞らせないようにしたのである。

二度目の対戦では、私たちの取ったそんな戦術が功を奏し、延長戦にまでもつれる接戦に持ち込むことができた。しかし、百戦錬磨で、選手層の厚い大阪桐蔭との戦いは、試合が長引けば長引くほどこちらが不利となる。結局最後は大阪桐蔭の「総合力」に押し切られる形での敗戦となった。

大阪桐蔭は強い。しかし、勝負の世界に「絶対」はないし、「何が起こるかわからない」のが野球の面白さ、醍醐味でもある。大阪桐蔭といえども、付け入る隙は必ずどこかにある。

「二度あることは三度ある」というから、近い将来甲子園で三度大阪桐蔭と対峙することもあるかもしれない。その時に「三度目の正直」となるよう、私たち指導陣は選手たちをしっかりとサポートしていかなければならないと考えている。

たった一言の「言い間違い」で、間違った方向に進んでしまう

いきなりの甲子園でベスト4という好成績を収めた小島監督だが、私は彼の采

配には一切口を出さないようにしている。日々の練習ではともに汗を流しているし、小島監督から何か聞かれればその都度、私の経験を交えて「こうしたらいいんじゃないか」と私なりの考え、思いを伝えるようにしている。

小島監督とのそういった日々の交流は密にしつつ、実際に試合に入ったら、私にできることはチームを大局的な視点を持って見守ることだけである。

2014年夏の甲子園での準優勝時は、三重打線が打ちまくり、結果として「打ち勝つ野球」のような形となったことから、「三重高は〝打〟のチーム」だと思っていらっしゃる高校野球ファンの方も多いようだ。しかし、本校の野球は基本に忠実に守備重視、たとえ大量得点差で勝っていたとしても送りバントをする時はする、という決して派手ではない、どちらかといえば地味な野球を基本とするチームである。

三重中京大野球部の監督から三重高のコーチとなり、2014年に監督に就任した際には「3年やったら辞めよう」と思っていた。私は三重中京大で監督を7年務めさせていただいた。そこから三重高の監督を打診されたため、7年プラス

3年の「10年」を節目として地元の大阪に帰ろうと考えたのだ。

だが、完全に三重から身を引こうと思っていた3年目、「監督退任」を学校に申し出たところ、理事長をはじめ、その他の先生方、そして野球部保護者の方々から「3年では短すぎる。もう少し三重にいてください」と慰留され、「こんな私を必要としてくれる人が、こんなにたくさんいるんだ」と実感し、「もう少し三重の野球に携わらせていただこう」と思い直した。

小島新監督体制で臨んだ2018年のセンバツ。この時のチームメンバーを思い返すと「ブレない心」を持った選手が多かった。一人ひとりに「考える力」があったため、センバツベスト4という好成績を収めることができたのだろう。しかし、そんなメンバーを擁しながらも、その年の夏の三重大会では優勝を逃し、2季連続で甲子園の土を踏む夢は叶わなかった。

夏に勝てなかったのは私と小島監督を含め、指導スタッフに驕りの気持ちが出てしまったからだと思っている。普段の練習の指導、試合の采配など、選手たちは私たち指導陣と接する中で、常に何かを敏感に感じ取っている。私たちのやり方ひとつで選手たちのモチベーションは上がりもすれば下がりもする。たった一言の「言い間違い」で、チームが間違った方向に進んでいってしまうことだって起こりうるのである。

私たち指導陣のそんな驕りが、多感な選手たちの心にマイナスの影響を与えてしまったことは間違いない。チームが進むべき方向をしっかり矯正できなかったのは私の指導力不足である。この事実を私は謙虚に受け止めなければいけないと思っているし、来る新シーズンに向けてこの失敗を生かさなければいけないとも思っている。

小島監督はまだ29歳と若い。世間的には「経験豊富な監督がいい」という意見も多いと思うが、若い監督には若い監督ならではのよさがある。私とともに歩んできた約4年の歳月の中で、彼はいろんなことを学んできたはずである。若い監督ならではのあふれる情熱とともに、小島監督がチームをよりよい方向に導いていってくれると私は確信している。

私は選手を怒ったことが一度もない

私は選手を怒ったことがない。この話をすると、よく「ホントですか？」と相手から聞き返されるのだが、私は高校野球を長年指導してきて、選手に注意することはあっても感情に任せて怒ったことは一度もない。それは2002年に甲子園出場を果たした日章学園監督時代から一貫している。

なぜ私が、選手を怒らずにここまでやってこられたのか？

その大きな理由のひとつとして挙げられるのが、社会人での経験である。

学校の先生たちは、大抵が大学を出てすぐに「教師」という職業に就いた人たちだ。一般社会での経験がないから、「学校」というある種特有の世界だけがすべてである。

「先生」と「生徒」では、基本的にその関係性は100対0で先生のほうが強い。

先生の言うことは絶対である。「先輩」と「後輩」という年齢による上下関係以上の、圧倒的なパワーバランスが「先生」と「生徒」の間には存在する。それだけにいろいろと間違いも起こりやすい。

だが、一般社会では「それまで下の立場だった人間が上の立場になる」ということはいくらでもあり、人は会社という組織の中で、社会のモラルや「良好な人間関係を築くにはどうしたらいいのか」といったことを学んでいく。

本校の先生たちと話す時に私がよく言うのは、「研修（先生たちが参加して行われる勉強会のようなもの）などしなくても、企業で三日働けば社会人としてどう生きていくべきか、人間関係をどう構築していけばいいのかがわかる」ということだ。

野球部の生徒たちだけでなく、本校の生徒すべてがいつかは就職し、社会の中でひとりの人間として生きていくようになる。その時、社会の仕組みをまったく知らなかったり、あるいは世の中の常識やモラルといったものに無頓着であったりすれば、その生徒は社会から取り残されてしまうことになるだろう。

勉強の成績だけよければ社会で通用するかといえば、そんなことは決してない。生徒たちの将来を考えれば、学校の勉強だけでなく、世の常識や社会のルールを教えていく必要がある。

私は野球というスポーツを通じて、選手たちに「一社会人としてどう生きていくべきか」「ひとりの人間としてどうあるべきか」を教えているつもりである。そしてそういったことを教える時に、選手たちを怒鳴ったり、叱責したりする必要はまったくない。

私は社会人を経験しているので、私自身が「絶対的に選手よりも上の立場」だとは決して思っていない。いつも彼らと同じ目線に立ってコミュニケーションを取るようにしているから、選手たちの前で踏ん反り返ることも、威圧的な態度に出ることもない。そういった関係性を築いてきたおかげで、選手たちは私に気兼ねなくいろんなことを聞いてきたり、話したりしてくれるのだと思っている。

これから本書の中で、私がなぜ怒鳴ったり、叱責したりせずとも、選手たちを指導できているのか、その方法を詳しくご説明していきたいと思う。

第2章

私が掲げる『全員野球』と「高校野球は7年間」の意味

三重県の勢力図と三重高校の野球

これから本書で私の野球観、考え方、指導法などを紹介していく前に、本校が在籍している三重県の高校野球の現状をお話ししておきたいと思う。

県内の大会でコンスタントに力を発揮しているのは津商業、いなべ総合、菰野、三重の四校。そこに宇治山田商業、海星などが続く。そんな状況の中、手前味噌な話になって恐縮だが、本校は実力的にも人材的にも、人数的にも県内強豪校の中で頭ひとつ抜けた存在だと自負している。本来であれば、三重高はもっと勝たなければいけないのだが、選手たちを勝たせきれていないのは私たち指導陣の責任である。

先述した四校の中でも、菰野は毎年いいピッチャーを揃えることで定評がある。オリックスバファローズから阪神タイガースに移籍した西勇輝投手他、多数のプロ入りピッチャーを輩出している。

本校は秋の大会（県大会およびその上部大会となる東海大会）に強く、これは伝統といってもいいかもしれない。秋の県大会で決勝戦まで進めば東海大会に進むことができ、私たちは２０１８年の出場を含め過去12回、センバツ出場を果たしている。

東海大会には強豪校が居並ぶ愛知、静岡、岐阜なども入っているだけに、センバツ当確の決勝まで進むのは容易なことではない。個人的な感覚でいえば、県の予選だけで済む夏の甲子園に出場するほうがだいぶ楽である。しかし、そんな厳しい東海大会において、これまで私たちは勝ち抜く勝負強さを発揮してきた。

秋の大会を勝ち抜くコツをひとつお話しすると、左の変化球ピッチャーがいるととても有利である。なぜなら、２年生の秋の時点では選手たちのスイングがまだそれほど鋭くなく、強豪校のバッターといえどもドアスイングぎみの選手が多い。そこで、右バッターのインコースに食い込むような変化球を持っている左ピッチャーがいると、バッターを打ち取れる可能性が高くなり、戦いを優位に進めることができるわけだ。

これは、あくまでも2年生の秋の大会を勝ち抜く上でのひとつの戦略のようなものだが、本校が今まで県大会および東海大会で好成績を残してくることができた最大の理由は「優秀な選手がたくさん集まってくるから」に他ならない。

みなさん意外に思われるかもしれないが、私たちは他の強豪私学が行っているようなスカウト活動をしてこなかった。「三重高校で野球がやりたい」という選手を分け隔てなく入部させてきたし、これからもその姿勢は変わらない。

チームの部員数が多く、選手間の競争も激しい。そんな環境の中で日々練習に取り組んでいるため、互いに切磋琢磨しながら「心技体」を自然と成長させていくことができるのだと思う。

野球部には1~3年生合わせて、常時約100名ほどの選手が在籍しているが、レギュラークラスのAチームとその他にBチームも3つに分けて編成している。土日になるとこの4チームがそれぞれ練習試合を行う。

Cチームを設けずBチームを3つに分けているのは、Aチーム以外の選手は一律として優劣をつけたくないという理由と、計4チームにすることで、できる限りすべての選手たちに実戦を体験させてあげたいからである。当然のことながらAからBへ、BからAへという選手の入れ替えも激しい。

ただ、本校はスカウト活動をしてこなかったと先述したが、2018年の秋から県内の選手に限り、スカウト活動を行うことにした（これは小島監督が中心となって行っている）。

近年は少子化と野球人口の減少に加え、県内の有力選手が軒並み県外に流出していってしまうことから「これでは三重県の野球が廃れてしまう」という危機感を覚え、少しやり方を変えることにしたのである。このスカウト活動もまだ始めたばかりなので、その成果が表れるのはしばらく先のこととなるだろう。

本校の卒業生は高校だけで野球を終わらせず、その後、大学野球や社会人野球に進んで野球を続ける選手が多い（それは私が「高校野球は7年間」だと考えて、選手たちを指導しているからなのだが、そのことに関してはのちに詳しく触れたいと思う）。

小中高大、社会人、すべての世代で監督を経験

2019年2月で65歳となった私は、三重中京大野球部時代を通じて都合12年、三重にいることになる。これからも、一日一日、一戦一戦を無駄にせず、選手たちとともに私も成長していかなければならないと考えている。

白球を追いかけ、野球漬けで生きてきたこの私も65歳となった。自分の人生を改めて振り返ると、私はとても「人に恵まれた人生」を送ってくることができたように思う。

高校は浪商（現・大体大浪商）で野球をし、その後専修大学に進学。東都大学リーグで4年間を過ごし、社会人野球の鐘淵化学工業（現・カネカ）へ入社するも2年後に廃部となってしまったため、その後は神戸製鋼に移籍して17年間の現役生活を送った。

39歳となって現役を引退したのち、兵庫のリトルリーグチームから「監督をしてもらえないか」とお誘いがあったので、そこで小学生を指導した。さらにその後、別の兵庫のボーイズリーグチームからもお誘いがあり、今度は中学生を指導することになった。

そうやって小学生、中学生の指導をしていたが、あくまでもボランティアとしての監督だったため、土曜日と日曜日しか行けなかったのだが、私にとっては貴重な体験となった。そんなある日、幸いにも兵庫県尼崎市に本拠を置く社会人野球の田村コピーから、監督就任のお話をいただくことができた。そこで私は現役引退後初めて、野球部監督という〝職業〟に就くこととなった。

田村コピーまでの野球人生を振り返ると、浪商時代の故広瀬吉治監督（後述）を筆頭に、私はその都度、よき師、よき友に恵まれてきたと思う。

その後、田村コピーの監督を退任し、私は再び〝監督浪人〟の生活を送ることになるのだが、浪商時代の知り合いのつてで「日章学園の監督を」というお話をいただき、迷った末お世話になることにした。私は社会人野球を経たのち、初めて高校野球の指導に携わることとなった。

日章学園では、監督就任3年目となる2002年の夏に甲子園（第84回全国高校野球選手権大会）に出場することができた。現役時代、甲子園出場を果たせなかった私にとっても学校にとっても初めての甲子園である。この時の喜びはまた格別だった。

当時の日章学園にはブラジル人の選手が3人おり、その中のひとりがのちに中日ドラゴンズに入団した瀬間仲ノルベルト選手である。

ライバル校だった日南学園には、彼らのひとつ上に高校生最速155キロ（当時）の記録を持っていた寺原隼人投手（現・東京ヤクルトスワローズ）がいたが、瀬間仲選手は寺原投手から3本ほど二塁打を打ったと記憶している。

約3年間の日章学園監督時代を経て私は再び〝監督浪人〟となり、2007年から三重中京大野球部のコーチ（その後監督）に就任。後述するが、ここで則本昂大投手（現・東北楽天ゴールデンイーグルス）と出会い、彼を4年間指導することになった。

三重中京大の後、その系列校である三重高で監督をすることになるのだが、私の指導者としての経歴を振り返ってみると、小学生から中学、高校、さらに大学から社会人と、プロ以外すべての世代の指導経験を持っていることになる。

現在、国内には4000校以上の高校で硬式野球部があり、当然のことながらその数だけ監督も存在している。しかし、そんな4000名を超える指揮官の中でも、小学生から社会人まですべての世代で監督をしたことのある人間は、おそらく私くらいのものではないだろうか。

小学生には小学生を教える難しさ、高校生には高校生を教える難しさがある。私は幅広い世代の野球選手たちと触れ合う中で、指導者としてのさまざまな知恵、教え方を蓄積することができた。そのおかげで日章学園と三重高でも甲子園に出場し、それなりの成績を収めることができたのだと思っている。

まったく怒らない浪商時代の恩師、名将・故広瀬吉治監督

私にとって最初の「恩師」といえる存在が、浪商時代の広瀬吉治監督である。

私が高校生の頃の体育会系部活動は、指導者が選手を殴る蹴るというのが当たり前の時代だった。しかし、そんな時代にあって、広瀬監督は怒りもしなければ、殴りもしない監督だった。

当時の浪商といえば「泣く子も黙る」と例えられるような、柄のあまりよろしくない生徒が集まる学校として関西では有名だった。そんな不良生徒揃いの浪商において、広瀬監督は選手たちを怒らなかった。甲子園に通算30回以上も出場している野球強豪校の監督としては、かなり異色の存在だったように思う。

当時の浪商は先輩、後輩の関係は実に厳しかったが、広瀬監督は選手に対してまったくといっていいくらい厳しくなかった（練習は大変厳しいものだったが

……)。しかし、今思えば、監督がそんな指導をしていたからこそ、荒くれ者ばかりが集まっていた浪商野球部をまとめられたのだと思う。

残念ながら、広瀬監督は２０１８年11月にお亡くなりになられた（享年89）。私とは20歳以上年齢が離れているから、私が高校生当時の広瀬監督の年齢は40歳前後である。

今でも覚えているのは、よくランニング中の私の背中にいきなり広瀬監督が飛び乗ってきて「ダッシュせい！」と言われたことだ。広瀬監督は時々、そうやって突拍子もないことをしてくることがあった。

年齢は離れていても、気さくでフレンドリー。指導者としてのこういった広瀬監督の姿勢は、「選手を怒らない」ことはもちろん、私の今の指導法にも色濃く反映されているのは間違いない。

本番に弱かった高校時代
――心に残る恩師の言葉

浪商で甲子園を目指していた高校生の頃、私は練習では誰よりもいい当たりを飛ばすのに、試合になるとさっぱり打てなくなるという「本番に弱い」選手だった。今思えば、あの頃の私はハートが弱かったのだろう。そんなことから、他の選手たちも私の実力は認めてくれてはいたが、打順は3年時で六番だった（守備は一塁手）。

実は浪商入学直後、私は野球部にわずか一カ月在籍しただけで一度辞めている。理由は、入学直後ということで新しい環境になかなか馴染めなかったからなのだが、この時ひとりの同級生が「中村、辞めるな」と私を引き留めてくれた。

その同級生とは、入学直後にケンカをしたことから縁ができて、その後すぐに仲良くなった。私が部活に来なくなったため、彼は私のことを心配して家まで来てくれた。そして「俺が監督のところまで一緒に付いていってやるから、とにかく野球部を辞めるな」と励ましてくれたのだ。

結局私は広瀬監督のもとに出向き、「すみませんでした」と頭を下げて野球部に戻ることを許してもらったのだが、この時監督から言われた一言を今でもよく覚えている。

「中村、いいか、ここまで一緒に付いてきてくれたチームメートのことを忘れたらあかんし、感謝せにゃいかん。人間は薄情なもんでな、調子のいい時はみんなチヤホヤしてくれるが、調子が悪くなったら途端にそっぽを向いてしまうもんや。あかん時こそ、こいつのようにお前を思ってくれる仲間が大切なんや。それだけは忘れたらあかん」

これは今でも私の人生訓となっているし、この時のチームメートとは今でも大親友の間柄である。

広瀬監督から教わった教訓を生かし、私は今でも選手たちには、

「いい時、悪い時と人間にはいろいろあるが、自分がどんな状況にあっても、ま

わりの人たちとはいつもと変わらぬ態度で接していかなければいけない。そうやって普段から周囲の人たちと接していれば、自分の調子が悪い時、あるいは困った時に手を差し伸べてくれる人が必ず出てくる」

と教えている。そのように教えていることもあって、三重高野球部員はみな挨拶も普通に会釈をして「こんにちは」と言うだけ。他校の野球部の中にはひときわ大きな声で「こんにちは！」と大きな声で挨拶をさせるところもあるが、本校では「普通に会釈して、普通の声で挨拶する」ことを徹底している。

部活中は大きな声で挨拶しているのに、学校から一歩出たら声が小さくなったり、あるいは挨拶しなくなったりするのでは意味がない。また、いつでもどこでも大きな声とオーバーなジェスチャーで挨拶していたら、街中を歩いている一般の方々がびっくりしてしまう。だからそんなことがないように、いつ、どこでも挨拶のパターンは同じにしているのである。

どんな時でも態度は一緒。これを徹底していると、公式戦などでも「ブレない心」を保つことができるようになる。普段から「裏表のない生き方」をすることで、勝負の場面でもメンタルの強さが生かされるのだ。

ちなみに浪商では、3年生の夏に大阪府大会の決勝まで勝ち進んだもののPL学園に敗れ、私の高校時代は甲子園に一度も行くことはできなかった。

社会人野球を経験して得た教訓

元来、私は情に流されやすく、どちらかといえばあまり監督には向いていない性格である。

しかし、社会人野球を数チームで経験し、会社という組織の中で働いたことによって、社会で生きる厳しさを知ることができた。

とある企業では、幹部社員が平社員を殴りつけるところを度々目にした。

「しっかり働け！」

「結果を出せ！」

私は浪商時代の広瀬監督と同様、今も昔も生徒を怒ったり、殴ったりはしない。私は昔から、上の立場の人間が下の立場の人間に向かって暴力を振るうことには否定的だったが、会社員となってそういった厳しい環境があることを知った。殴られた平社員たちも会社を辞めるようなことはなく、「飯を食っていくために、結果を出さなければ」と必死に働いていた。

どんな関係性であれ、今の社会で暴力が容認されることはない。だが、当時の幹部社員は「会社を成長させる」ことに必死だったのだと思うし、若い社員たちに「社会で生きていくことの厳しさ」を知ってもらい、成長してもらいたかったのかもしれない。

でも、私は決して暴力は振るわない。ただ、高校生たちにもそういった「社会で生きていくことの厳しさ」は教えなければいけないと思い、日々選手たちと接している。

人を動かすのに〝命令〟は必要ない

鐘淵化学野球部時代には、浪商の広瀬監督に次ぐ「恩師」と呼べる存在である大河賢二郎監督と出会うことができた。

大河監督は「選手を動かす」のではなく、「選手が自発的に動く」ように普段から指導し、またそのように動いてくれるような配慮もしていた。

選手はそれぞれに個性があり、性格も異なる。大河監督は選手たち一人ひとりの性格をしっかりと見抜き「この選手にはどのような声がけをすれば、もっとも心に響くか」を考え、選手たちと触れ合っているように見えた。

私は打撃が得意だったが、守備はあまり上手ではなかった。社会人時代は肩の強さを買われて外野を守ることが多かったのだが、頭上を越えていくような「後ろの打球」に対する守備がとくに下手だった。

するると、そんな私の守備力を向上させようと、大河監督は全体練習が終わった18時から約3時間、毎日外野ノックをしてくれた。さらに練習が終わった後には、しばしば食事にも連れていってくれた。あの頃を振り返ると、私は本当に大河監督にかわいがられていたと思う。

大河監督は、常に相手が「自分で気づく」ような教え方、触れ合い方をしていた。監督から私は、「人を動かすのに〝命令〟は必要ない」ということを教わった。とくに今の時代、上から一方的に押しつけるような命令だけでは人は動いてくれない。

「自発的に選手たちが動くようにするには、どのように選手たちと接すればいいのか」

大河監督からは、指導者にとって大切な心構えと指導法を教わったように思う。

その後、私が日章学園を経て、三重中京大のコーチになったのは鐘淵化学でお世話になった大河監督が同大学の監督をしていて、私に「何もしていないならうちに来ないか」と誘っていただいたからである（ちなみに大河監督は三重中京大監督就任前には尽誠学園で長く監督を務めており、伊良部秀輝 佐伯貴弘 谷佳知、宮地克彦といった多くのプロ野球選手を育てた）。

浪商のドカベン香川とエース牛島は不仲だった

現役選手として神戸製鋼野球部に所属していた時代、私は母校である浪商の練習をコーチとしてたまにお手伝いしていたのだが、この時浪商で活躍していたのが「ドカベン」の愛称で一世を風靡した香川伸行と、エース・牛島和彦のバッテリーである。

彼らはみなさんご存じのように春のセンバツで準優勝、夏の甲子園ではベスト4入りし、その後ふたりともプロ入りを果たした（香川は南海ホークス、牛島は中日ドラゴンズ）。

香川はその体形と愛くるしい笑顔から漫画『ドカベン』の主人公、山田太郎に例えられ、日本中の人気者となった。彼はただ単にキャラが立っていただけではない。実力も申し分なく、リストをやわらかく使い、ボールをバットに乗せて遠くに飛ばす技術に長けていた。

今でも語り草になっているのは、1979年のセンバツ1回戦、愛知戦でのホームランである。彼はアウトローの難しいボールに対して、右膝を地面に着きながら捉えた。普通なら外野フライで終わってしまうような打ち方だったが、彼の放った打球はそのままバックスクリーン左に飛び込んでいった。理屈ではない、生まれ持った天性の長打力を香川は備えていた。

一方の牛島も超高校級のピッチャーとして全国にその名を知られ、社会人野球でやっていた私から見ても「いいボールやな」と思わせるストレートを投じていた。彼は投げるボールのキレ、フィールディングがよかっただけではなく、スタミナも抜群だった。

先述した香川が第1号ホームランを放ったセンバツでは、準々決勝（川之江戦）で延長13回、221球をひとりで投げ抜き、翌日の準決勝（東洋大姫路戦）

でも完投勝利をマーク。彼は心身ともにずば抜けたタフさを持ち合わせていた。

実力的にはまさに「浪商歴代最強」のバッテリーであり、浪商の黄金期をつくり上げたふたりだったが、実は普段はとても仲が悪かった。当時の私はこのふたりを間近で見ていて、「普段はバッテリーの仲が悪くても、試合でひとつになれば強いチームはつくれるんだな」と感じた。

今、野球部の選手たちに話を聞くと「高校でいい仲間たちと出会い、強いチームをつくりたい」と言う。だから私は選手たちからそういった発言を聞くと、香川・牛島の浪商バッテリーの話をするとともに、

「社会に出れば〝いい仲間〟だけでなく、嫌いな人、あるいは自分と合わない人とも付き合わなければならないし、協力し合わなければならない。だからひとつの〝集団〟に属している時は、好き嫌いだけで仲間と接してはいけない」

と伝えるようにしている。

三重高野球部の流儀
――日常を正しく過ごすことが試合に生きる

本校の野球部は「来るものは拒まず」が基本姿勢である。だからいろんなレベルの選手が入部してくるのだが、約100人の部員たちを分け隔てなく、同じ練習をさせるのが私の指導方針であり、野球部のモットーともなっている。

本書の中で、私がどのように選手たちと接し、指導しているのかを詳述していくが、私は何よりも選手たちとのコミュニケーションがもっとも大切だと考え、毎日の練習に取り組んでいる。

だから選手たちの性格はもちろん、家庭環境、さらには彼女がいるか、いないかまですべてを把握している。正直、部員数が100名を超えると名前を覚えるだけでも大変なのだが、チーム運営を円滑に進めていく上で、またチームを強くする上で、指導者が選手たちと密に接する姿勢は絶対に失ってはならないと考えている。

レギュラー、それ以外の選手を問わず、練習中に選手たちは私にわからないことがあれば何でも質問をしてくる。選手が指導者に対して行う質問の数の多さは、他の学校と比べて圧倒的に多いと思う。選手が指導者に積極的に質問してくるのが日常。これは私がもっとも自慢したいことでもある。

また、総監督の立場となって、以前より時間に多少の余裕が生まれたため、私は部活動の最中、野球部だけでなく、サッカーやバスケットボール、陸上、剣道、さらにダンス部にいたるまで、他の部活動も訪ね、様子を見るようにしている。

そんなわけで、本校で部活をしている生徒の中で私のことを知らない生徒はいない。私の学内での肩書は「生徒指導」なのだが、それが理由で私は各部を巡っているわけではない。ただ単に、私は学校の生徒たちとコミュニケーションを取ることが好きなのだ。

ちなみに、授業中は最低でも一日に二度は全クラスを巡り、校内の様子を見て回る。そこで、野球部の選手が居眠りなどしていようものならすぐに起こす。また、テストで赤点を取れば、レギュラーであっても試合には出場させない。これは文武両道を目指す本校の基本方針でもある。

高校生は部活動で体を動かすことも大事だが、もっとも優先しなければならないのは勉学に勤しむことである。後で詳しく述べるが、私は高校の3年間だけでなく、大学の4年間も含めた「計7年間」で選手たちを成長させたいと考えている。だから、大学に進学をするためにも、部活と勉強を両立させることはとても重要なのだ。

私がいつも校内を巡っているものだから、選手たちは「総監督からいつも見られている」ことを意識している。そういう生活が2年、3年と続くと、選手たちは自然と私が見ていない時でもしっかりした行動を取るようになる。

学校、グラウンド、そして家に帰ってからも常に正しい行動が取れるようになれば、それが公式戦などで「平常心を保つ」ということにもつながっていく。日常も試合も、すべてはつながっている。日常をだらしなく過ごしているのに、試合だけうまくやろうとしたって、物事はそんなに都合よく運ぶものではない。だからこそ普段の行動を疎かにしたり、手を抜いたりしてはいけないのである。私はそれを身をもって毎日選手たちに伝えているのだ。

〝これだけは誰にも負けない〟というものをひとつ持て

各大会に臨むにあたり、本校では必ずしも「野球がうまい選手」だけをベンチ入りさせるわけではない。

第1章でお話ししたように、2014年の夏の甲子園では「誰よりも文武両道を貫いた選手」、さらに「誰よりも一生懸命、練習に取り組んでいた選手」などをベンチ入りさせた。

チームは常に100名を超える大所帯のため、かつての選手の中には「なんで僕が背番号をもらえないんですか?」と聞いてくる者もいた。でもそんな時、私は決まって「〝なんでもらえないのか?〟ではなく、〝どうやったら背番号をもらえるのか？〟を考えなさい」と言うようにしていた。

1年を通じて、私は「ベンチ入りしたいなら自分の長所を磨け。〝これだけは誰にも負けない〟というものをひとつでいいから持て」と伝えている。

そのように選手たちに伝え、実際に自分の長所を磨き、「何かに秀でた選手」がベンチ入りを果たすと、その他の選手たちも「なるほど、自分もああやって長所を磨けばいいんだ」と思い、それぞれが日々の練習に懸命に取り組み、普段の生活でも「ちゃんとしなければ」と、誰が見ても恥ずかしくない行動を取ってくれるようになる。

打撃、守備、投球など、技術力の高い選手だけを揃えれば、確かに短期的な強さをつくることはできるかもしれない。しかし、長い大会を勝ち抜き、さらに甲子園でも勝ち上がっていくためには技術、体力、精神力その他をバランスよく考え、ベンチ入りのメンバーを選んでいく必要があるのだ。

だから私は先述したように「文武両道を貫いた選手」「練習に一生懸命取り組んだ選手」などをベンチ入りさせた。それ以外にも過去には、「ベンチを明るくしてくれる選手」「足が速く、走塁がチーム一うまい選手」「守備力なら誰にも負けない選手」といった「秀でたポイントを持った選手」をベンチ入りさせたことがある。

いずれの選手も自分の長所を理解し、それを伸ばしていった。彼らの長所は他の選手たちもみな理解しているし「あいつはすごいな」と認めている。だから、彼らがベンチ入りしても不満を漏らす選手はひとりもいなかった。

ベンチ入りのメンバーを決める場合、まず9名のレギュラーメンバーから決める。高校野球は地方大会が20名、甲子園は18名と登録選手数が決められている。甲子園の場合なら9名のレギュラーメンバー以外に9名を選ぶことになるわけだ。

正直、野球の実力だけで選べば14〜18番目にあたる選手は、部員が100名もいると該当する選手は10〜20名はいる。実力的に大差ない部員をその時々の微妙な調子の良し悪しで判断して選出するくらいなら、「これだけは誰にも負けない」という長所を持っている選手、あるいは「このことに関しては部内ナンバー1」と誰からも認められている選手を入れたほうが、チームのバランス、調和が図れる。そういったバランスの取れた状況をつくる、選手たちが戦いやすい環境を整えることこそが私の目指す『全員野球』であり、それが長期的に戦っていく上でチームの実力を発揮していくためには有効だと確信している。

練習試合には部員全員を必ず一度は起用する

本校では3月~11月のシーズン中、週末の土日は公式戦や学校のイベントが入らない限り、そのほとんどを練習試合にあてている。

私が掲げる『全員野球』を実践するためには、練習試合に選手全員を出してあげたい。しかし、部員が常時100~120名ほど在籍しているため、とてもではないが1チームでは全員を試合に出してあげることはできない。

そこで、レギュラークラスをAチーム、その他を3つのBチームの計4チームに分け、それぞれが週末にさまざまな学校と練習試合を行っている。4チームに分ければ1チーム平均25〜30名ほど。練習試合はだいたい一日に最低でも2試合、土日の2日間で4試合は組むことができる。その4試合の中で、リリーフ、代打、代走、守備固めなどいろんな起用法を試みながら、必ず部員全員を試合に出してあげるようにしているのだ。

有力選手を集めるようなやり方をせず、「来るものは拒まず」の姿勢でやってきた本校には、それこそさまざまなレベルの選手が入部してくる。しかし、どんなにうまくない選手であっても、私は必ず練習試合に出す。

例えば、実力的に周囲の選手たちより明らかに劣っている選手がいるとして、その選手がどんなに一生懸命練習をしても試合に出られないとしたら、どう思うだろうか？

その選手はやがて「自分は何のために練習しているんだろう？」と感じるようになるに違いない。そしてその気持ちがどんどん大きくなって、やがて野球部を去っていくことになってしまうだろうし、最悪の場合、大好きな野球を大嫌いになってしまう可能性もある。高校野球は「教育の一環」であるから、私はそんな事態だけは何としても避けたい。

だから私は、公式戦でベンチ入りした選手すべてを出すようにしているだけではなく、普段の練習試合でも全員を出すことを心掛け、選手たちのモチベーションを保つようにしているのである。

高校野球の監督をしていて一番辛い瞬間

私は野球部で総監督を務めるとともに、校内では「生徒指導」という役割も担っている。普段は学校の生徒たちと触れ合い、野球部では100名以上いる部員全員と、一日に一度は必ず言葉を交わしている。しかし、これを他の学校の監督さんなどに話すと「大変ですねー」と感心されることも多い。

でも、私は野球部の選手だけでなく、学校の生徒たちとコミュニケーションを取ることをまったく苦に感じていない。むしろいろんな生徒と触れ合えることが毎日楽しくてしょうがない。これはきっと、私の「人が好き」という気質から来ているのだと思う。

困っている人を見かけたら、黙って見過ごすことなど絶対にできないのが私の性分である。ついつい、手を貸したくなってしまうのだ。周囲の人たちからすれば、私のやっていることは時にお節介に映るかもしれないが、これればかりは生まれ持っての性分だから直しようがないのでどうか勘弁していただきたい。

こんな私の性格を一言で表すなら、「情に厚い」ということになるだろうか。情に厚いということは、情にもろい、情にほだされやすいということだ。そういう人間は本来高校野球の監督などには向いていない。大会前、ベンチ入りメンバーの20名を決めなければならない時などに、私はそれを痛感する。

だから正直に申せば、今までに何度「自分は監督に向いてないな」と思ったことか。夏の甲子園では、地方予選で20名だったメンバーをさらに18名に絞らなければならない。高校野球の監督をしていて、この時ほど辛いことはない。

今は総監督という立場となり、メンバー選考や采配はすべて小島監督に任せているため、そういった悩みはだいぶ減った。でも、小島監督からメンバー選考などで相談があった場合、逃げるわけにはいかないから、しっかりと私なりに答えるようにしている。結局のところ、総監督になっても辛いことからは逃げられないのである。

有力選手を全国から集めている強豪私学について

2018年の夏の甲子園の決勝戦は、根尾昂選手や藤原恭大選手といったスター選手を擁する大阪桐蔭と、絶対的エース・吉田輝星投手（2018年ドラフトで日本ハムファイターズから1位指名）の活躍によって勝ち上がってきた金足農業との戦いとなり、大いに注目を集めた。

高校野球ファンのみなさんは、スター選手揃いの大阪桐蔭を応援する人もいれば、地元メンバーだけで構成された金足農業に声援を送る判官びいきな方々もたくさんいたようだ。

大阪桐蔭はみなさんご存じのように、全国から選び抜かれた有力選手たちが集うエリート集団である。選手一人ひとりが抜群に野球がうまいだけではなく、野球を実によく知っている。それぞれの選手が自分の頭で考えて野球をしているから、悪い流れになってもすぐにそれをひっくり返すし、ピンチにも動じない。

そういった資質の選手を全国から集めてくる西谷監督の慧眼もさることながら、監督の求める野球をグラウンドで体現する選手たちの向上心と勝利への欲求、そして日々のたゆまぬ努力には感服するばかりである。

ただ、そうはいっても世間一般的には「全国からうまい選手を集めているのだから強くて当たり前だ」といった声が聞こえてくるのも事実である。甲子園決勝戦で金足農業への応援のほうが多かったのは、吉田投手の人気だけでなく、そういった「全国から優秀な選手を集める」という強豪私学のやり方に納得できない人たちが多いという表れでもあるのだろう。

大阪桐蔭だけでなく、全国から優秀な選手を集めている強豪私学は他にもたくさん存在するが、それはそれぞれの学校の方針なのだからまったく問題ないと私は考えている。

うまい選手を集めただけで勝てるほど高校野球は甘くないし、甲子園で勝ち上がるということはさらに甘くない。毎年甲子園に出場するような常勝私学には、そのチームなりのしっかりとした取り組み方があるのだ。

また、強豪私学は単に優秀な選手を集めるだけでなく、卒業後の進路などにもしっかりと対応しているところが多い。高校生活を送った後、その先のことまでちゃんと考えてくれているから、親御さんたちもかわいい我が子をその学校に預ける気になるのだろう。

甲子園で対戦したこともあって、大阪桐蔭の西谷監督とは個人的に食事に行く仲である。彼と食事をする時は野球を中心にいろんな話をするが、選手を見抜く力、そして全国をマメに隈なく回るその機動力は尊敬に値する。また、彼は私よりひと回り以上年下だが、周囲の人たちに対する細やかな気配りにはいつも感心させられる。大阪桐蔭の強さの裏には、西谷監督のそういった人柄と日々の努力があるのも忘れてはならない。

今まで本校ではスカウト活動は行っていなかったが、２０１８年から県内の選手に限り、小島監督が声をかけて回るようにしている。私たちがそのようなスカウト活動を始めたのは、県内の優秀な選手を他県の強豪私学に取られっぱなしではいけないと思ったのが一番の理由だが、西谷監督のように積極的な勧誘活動もこれからの時代には必要かもしれないと感じたからである。

三重県のシニアやボーイズといった硬式野球チーム、また中学校の軟式野球チームにしても、全国レベルのそれなりに強いチームがいくつかあり、三重県内の中学野球のレベルは決して低くはない。

今までは他県に流出してしまっていたような優秀な人材に入学してもらい、本校のレベルを今まで以上に高めていくことが総監督である私と、小島監督の使命なのだと感じている。

甲子園は絶対の目標ではない
――高校野球は7年間

高校野球に携わっている以上、甲子園はひとつの目標ではあるが、私にとっての高校野球は、甲子園がすべてではない。甲子園を絶対的な目標に据えてしまうと、高校で野球をする3年間（正確には2年半）のうちに「必ず結果を出さないといけない」という考え方になってしまう。

しかし、体も心もこれからどんどん成長していく16〜18歳の選手たちに「2年半で結果を出せ」というのはあまりにも期間が短く、酷である。だから私は選手たちに「甲子園はひとつの〝目標〟に過ぎない。それよりももっと大切な一人ひとりの〝目的〟をしっかり持つようにしよう」と教えている。

目的とは、まず「自分は何のために野球をしているのか」を考えることから始まる。そう考えると選手たちが野球をしているのは、単に「甲子園に出るため」

だけではなく、「好きな野球がもっとうまくなりたい」とか「仲間たちと勝利を追い求めたい」とか「自分の人間性を高めたい」といった目的がいくつも出てくるはずである。その目的をひとつずつ自分で確認しながら、毎日の練習に取り組んでいくことが大切なのだ。

目的を持って野球に取り組み、社会人となって世に出た時に恥ずかしくないように自分の人間性を高めていく。選手それぞれのこの壮大な取り組みを実現させるためにも、私は「高校野球は3年間」とは捉えず、「高校野球は7年間」で考えるようにしている。

「高校野球は7年間」とは、高校の3年と大学の4年を合わせた7年間である。7年かければ、選手たちの野球もそれなりの形となる。7年かけて心技体を高めていけば、当然のことながら人間性も磨かれていく。選手たちが社会人となった時、この7年間の経験は間違いなく役に立つ。これは私の経験、さらに卒業生たちのその後を見ていても断言できる。

だから本校野球部に新入生が入部してきた際、私は保護者の方々に「本校は3

年ではなく、7年かけて選手を育てるつもりで野球に取り組んでいます。ですから保護者のみなさんも〝大学で野球を続ける〟ということを視野に入れてお子さんと接するようにしてください」とお願いしている。

大学で野球を続けるために、高校時代にしておくべきこと

「高校野球は7年間」

私がこのように、選手たちの育成を長いスパンで考えるようになったのは、三重に来てからである。

宮崎の日章学園での監督は3年契約だったため、大阪に戻ってきた私はしばらく〝浪人生活〟をしていた。そこで社会人野球時代の恩師・大河監督から「三重中京大野球部のコーチをしないか」とお誘いをいただき、私は初めて大学野球を指導することになった。

三重中京大では大河監督の後を受け継ぐ形で監督に就任し、都合7年に渡って指導を続けたが、この期間に私は「大学野球で必要とされるもの」と「高校時代にしておくべきこと」を理解することができた。

大学野球でまず一番に必要とされるものは、守備力である。打撃力もさることながら守備力がなければ、仮にメンバーには入れたとしても、最終的にレギュラーとして使ってもらえない。

したがって本校では一週間の半分以上、練習の9割を守備練習に割いている（そのことに関しては第4章で詳しく触れたい）。選手たちには「守備力の向上が大学野球ではとても大切だよ、通用しないよ」と口酸っぱく言い続けている。

高校野球で慣れ親しんだ金属バットが、大学になると木製バットとなる。金属バットは飛距離も出るし、多少芯を外しても打球は飛ぶ。だが、木製バットはしっかり芯で捉えなければ打球は飛ばず、芯を外そうものなら簡単にバットが折れてしまう。

私の感覚では、高校でバッティングがよかった選手でも、大学になると打率が

2割は落ちる。もちろん、大学2年、3年と木製バットを使っているうちにバッティングはよくなっていくが、ピッチャーの質も大学では相当に高くなるため、大学に入った当初は多くの選手が木製バットの壁にぶつかって伸び悩むことになる。そんな諸々の条件を加味した場合、大学野球で少しでも早くメンバーに選んでもらうためには、守備力を評価されることが重要になってくるのだ。

そこで、本校では守備力を高めるために基礎練習から徹底して行う。私たち指導陣も「3年で結果を出そう」と思って選手を教えていないから、大学生になってから芽が出てくる選手もたくさんいる。高校時代はレギュラーではなかったが、大学に入ってからスタメン、クリーンアップのポジションを獲得した選手も相当数いるのだ。

本校在籍時にレギュラーではなかった選手が、大学に行ってレギュラーとなれた。これを「私の指導があったから」だとは思わないし、自慢する気もさらさらない。彼らがレギュラーとなったのは本人の努力の賜物であり、私は彼らが努力を続けてレギュラーを獲得してくれたことを誇りに思っている。私たち指導陣はそのような選手がひとりでも多く現れるよう、これからも守備に重点を置いて選手たちへの指導、サポートを続けていくだけである。

ちなみに本校を卒業した選手のうち、約半数は大学で野球を続けており、硬式野球の他、準硬式に進む選手もいる。

私は長く高校野球と大学野球に携わってきたため、いろんな大学の野球部とそれなりのパイプがある。私は選手たちの学力と性格などを見極め「この選手にはこの大学がいいかな」と進学先を勧め、各大学の野球を見学に行く際には必ず同行するようにしている。

結局のところ、大学で野球を続けることで最終的に一番大切なのは「希望の職種に就職できるかどうか」である。だから私は選手たちの希望を聞き、その希望に添った大学を勧めるようにしている。硬式、準硬式は別にどちらでもよく、一番肝心なのは「卒業後に希望する道が開けているかどうか」なのだ。

江川卓、野茂英雄……
私が実際に戦ってきたプロ野球投手たち

現役時代、そして高校、大学野球の指導者時代を含め、私が「すごいな」と思ったピッチャーはたくさんいるし、そう感じたピッチャーの大半はプロ野球の世界へと進んでいった。

私の印象にもっとも強烈に残っているのは、「トルネード投法」で一世を風靡した野茂英雄投手（近鉄バファローズからメジャーリーグへと渡り、ロサンゼルス・ドジャース、ニューヨーク・メッツをはじめメジャー8球団で活躍）である。

あれは私が神戸製鋼でプレーしていた頃だった。野茂投手は新日鉄堺のエースとしてチームを都市対抗野球大会（社会人野球の全国大会）に導き、日本代表にも選出されていた。

結果からいえば、野茂投手との対戦成績は2打数1安打1三振。ヒットにした球種は150キロを超えるストレートだったが、三振を喫したボールこそ、野茂投手の決め球であるフォークボールだった。

今でもあの時のフォークボールの軌道はよく覚えている。ストレートと同じ軌道で向かってきて、突如として視界から消える。スピード、キレ、落ちる角度、どれをとってもそれまで見たことのない、まったく打てる気のしないフォークボールだった。

その他にも社会人時代に対戦したピッチャーでは川口和久投手（当時はデュプロという社会人チームに在籍。その後、広島東洋カープ、読売ジャイアンツで活躍）や木田勇投手（当時は日本鋼管。その後日本ハムファイターズ、横浜大洋ホエールズなどで活躍）、潮崎哲也投手（当時は松下電器。その後西武ライオンズで活躍）も印象に残る、とてもいいピッチャーだった。

とくに「魔球」と恐れられた潮崎投手のシンカーは社会人時代から有名で、単に落ちるだけでなく、落ちる前に一瞬フワッと浮くためなかなかバットで捉えることのできない、まさに「魔球」と呼ぶにふさわしい変化球だった。

大学時代に練習試合で対戦した江川卓投手（当時は法政大学。その後読売ジャイアンツで活躍）のストレートもすごかった。今でも彼の投じていたストレートは「伸びが違う」「とてつもなくホップした」と語り草になっているが、それらはどれも真実である。私が対戦した時は練習試合だったため、江川投手は明らかに力を抜いた投球をしていたが、それでもそのストレートは強烈にホップしていたし、簡単に打てるものではなかった。

高校野球の監督となってから強く印象に残っているのは、日南学園の寺原隼人投手である。寺原投手は当時で確か153キロを投げていたように記憶している。彼とは宮崎県代表の座を巡って何度か対戦したが、ストレートはいつも一級品だった。彼のストレートをいかにして打つか。それが当時の日章学園のテーマでもあった。

ここに紹介したピッチャーの他、私は三重中京大で指導した則本昂大投手とは4年間をともに過ごし、幸いにも彼を東北楽天ゴールデンイーグルスへと送り出すことができた。彼との4年間については次章で詳しく触れたいと思う。

第3章

三重高校の『全員野球』とその指導法

「練習が楽しい」となぜ選手たちが言うのか?

私が浪商で野球をしていた頃の高校野球は、根性論が全盛の時代だった。選手はどんなに理不尽な練習であろうと耐えなければならなかった。死ぬほどきつい練習を毎日繰り返し、その苦しさを乗り切った者だけに勝利は訪れる。そんな考え方が主流の時代だったから、「野球は楽しい」と思って練習している選手などひとりもいなかった。

今現在は、私たちの時代のような過酷な練習を課している学校は少なくなったようだが、それでもたまに人づてで「あの学校はかなり厳しい練習をしている」と聞くことがある。もちろん、心技体を向上させていく上で、時に厳しい練習を課すことも必要だとは思う。しかし、あくまでもレベル向上のための厳しい練習であって、単に根性を付けるためだけの厳しい練習は不要だと私は考えている。

私がそんな指導方針のため、幸いにも本校の選手たちは「練習が楽しい」と思ってくれているようである。以前、マスコミの取材を受けた際、インタビューされた選手が「練習が楽しい」と答えていたらしく、その記事を見た別のマスコミ関係者から「練習が楽しいなんて選手が言うのは珍しい。少なくとも甲子園に出場するような強豪校の選手はそんなことはあまり言わない。一体どんな練習をしているんですか？」と聞かれたことがある。

なぜ選手たちが、練習を楽しいと感じてくれているのか？

理由はいくつかあると思うが、「指導者たちがいつもちゃんと見てくれている」というのが最大の理由ではないかと思う。

本校では基本的に、総監督である私と小島監督、さらに部長、副部長の4人で練習を見ている。それぞれがA、Bの4チームを見つつ、私はピッチャーを中心に全体を隈なく見て回るようにしている。

私がABチーム関係なく、すべての選手と最低でも一日一回はお互いに会話を交わすように心がけているのは、先ほどもご説明した通りだ。大所帯の強豪校では、監督はレギュラークラスに付きっ切りというところも少なくない。時間や場所の制約があるため、それはそれでしょうがないのかもしれないが、そのようなやり方ではレギュラー以外の選手たちのモチベーションは、落ちていく一方となってしまうように感じられて私にはできない。

だから私はレギュラークラスの選手も、それ以外の選手も分け隔てなく接し、同じように指導するようにしている。本校の選手は「総監督たちからいつも見られている（見守られている）」という感覚をみんなが持っていると思う。

「調子が悪いな」

「なかなかうまくいかないな」

毎日、選手たちとコミュニケーションを取っていれば、選手たちが言葉に出さずとも不調を感じていることはすぐにわかる。だから私はそのような気配を見せた選手にこそ「どうした?」と積極的に声をかけ「こういうやり方もあるよ」とか「こういうふうに考えてやっていけばいいんじゃないか」とヒントを与えてあげるようにしている。

そのような接し方を心掛けていると、選手たちは「監督たちにもっと見てほしい」と自主的に練習に取り組むようになっていくのである。

「グラウンドで笑うな」は是か非か

とはいえ、本校の練習は決して楽なものばかりではない。基礎体力を付けるための坂道ダッシュなど、苦しい練習はいくつもある。だが、それでも選手たちが「練習を楽しい」と思ってくれるのは、それがやらされている練習ではなく、「自分を向上させてくれるもの」として自ら進んで取り組んでいるからだと思う。

「好きこそものの上手なれ」ということわざがあるが、野球がうまくなるための一番の秘訣は「野球が好き」という気持ちである。その気持ちがあれば多少苦しい練習でも楽しく取り組むことができるし、野球に対するその熱い思いが、目の前に現れるさまざまな壁を乗り越えていく原動力となる。

そもそも、辛いことがあるから楽しさも感じられるのであって、楽しいことばかりだったら何が楽しいのかすらわからない。「人生山あり谷あり」の言葉にもあるように、人生は辛いことばかりではないし、また楽しいことばかりでもない。苦しみを経験したその先に喜びがあるからこそ、人はみながんばって人生という長い旅路を生きているのではないだろうか。

指導者の中には「グラウンドで笑うな」という方針で練習を行っている方もたまに見かける。でも私は、練習中に笑うことを禁じたことはないし、私自身も選手たちと一緒に笑いたい時は大いに笑っている。

笑うことを禁じている指導者の方は、選手たちの気持ちを表面的にしか捉えていないから、そのようなことを言うのだと思う。「笑っている」イコール「練習に真剣に取り組んでいない」という短絡的な考え方である。

だったら、真面目な顔をしていれば「真剣に練習に取り組んでいる」といえるのだろうか。中には監督から怒られるのが嫌で、真剣なフリをしているだけの選手もいるのではないか。

そのように、上辺だけ取り繕って練習に取り組んでいる選手のレベルアップのスピードと、本校のように自ら進んで、楽しく練習している選手のそれを比べた場合、どちらのスピードが速いかは推して知るべしである。

『全員野球』の神髄
――全員が同じ練習メニューをこなす

選手たちが練習を楽しいと言うもうひとつの大きな理由として、「全員が同じ練習メニューに取り組んでいる」ことが挙げられると思う。これは日章学園で監督を始めた時代からずっと続けていることでもある。

私の掲げる『全員野球』を実践するためには、「全員が同じ練習メニューをこなす」ということはなくてはならない要素といえる。

幸い、本校には練習試合なども行う本グラウンドと、その高台に試合では使えないが打撃練習などには十分に使える広さのサブグラウンドのふたつがある。このように練習環境が整っているため、100名を超える大所帯であっても「みんなが同じメニューをこなす」ことが問題なくできているのだと思われるかもしれないが、そうではない。日章学園時代にはグラウンドがひとつで、部員も100名近くいたが全員同じメニューの練習をこなしていた。

要は、たとえ人数が多かろうと、指導者の考え方ひとつで、あるいは知恵を絞ればみんなが同じ練習メニューをこなすことはできるのだ。選手たちのモチベーションを保つ上で、こういった何気ない日々の積み重ねこそが大事だと私は実感している。

レギュラークラスとその他の選手で差を付けた練習をたまにでも取り入れれば、それが積み重なると最初は小さなほころびであっても、やがてはそれが大きなほころびとなって、最後には取り返しのつかない事態を招くことになってしまう。だから、私たち指導陣は毎日の些細な出来事にこそ、目を光らせていなければならないのだ。

「全員に同じ練習などやらせていたら、限られた時間を有効に使えない。それではチームを強くすることなんてできない」という意見も伺うことがある。だが、私はこのやり方で日章学園でも、三重高でも甲子園に出場している。もちろん、甲子園に出場できたのは選手たちの力によるものではあるが、「みんなが同じ練習に取り組んでいたらチームを強くできない」という考え方が間違っていることはすでに実証できていると思う。

私が監督となってから辞めた選手はゼロ

本校では練習中、ひっきりなしに選手が私のところへ質問しに来たり、教えを請いにやって来たりする。その様子を見ていたあるマスコミの方から「監督のところに選手たちがこんなに次々に、しかも自主的にやって来る学校は見たことがないです」と言われたことがある。

確かに、選手と監督の間にある種の壁というか、垣根のようなものがあるのは他の学校では当たり前のことなのかもしれない。「監督さんにそんな簡単に声をかけられない」というのがほとんどの高校（「名将」と呼ばれるような監督さんのいる強豪校はとくに）の選手たちの感じていることではないだろうか。

私は選手と監督との間に変な壁などつくりたくはない。どんな時でもフランクに、いろんなことを語り合っていきたい。だからこそ、野球部に入部したばかりの1年生たちとは、積極的に会話を交わすようにしている。何事も、最初が肝心なのである。

私自身、浪商に入学したばかりの時は、とてもではないが監督さんに話しかけることなどできなかった。180名以上の部員がいる中で、監督が私に初めて声をかけてくれた時のうれしさは今でもよく覚えている。だからこそ、私も入学したての新入部員たちに積極的に声をかけるようにしているのだ。

新入部員たちと話す内容は、「学校生活はどうや?」とか「中学の野球部はどんな感じだった?」とか「何してる時が楽しいんだ?」など、他愛もないことばかりである。でも一度話すと、選手たちの表情がやわらかくなるのがわかる。そうやって垣根を取っ払っていくことで、選手たちも気兼ねなく私に話しかけてくれるようになるのだ。

私は選手たちによくこんな話もする。

「もしキミらがまったく知らないところへ、1時間以内に行ってこいって言われたらどうする？　人に道を尋ねながら目的の場所を目指すやろ。野球も人生もそうやねん。自分でまず考えて、それでもわからないことがあったら、まわりの人に聞けばええねん。私たち指導者はそのためにおるんやから」

と。そうすると選手たちは納得し、まずは自分で考え、それでもわからなければ私のところに質問にやって来る。一朝一夕に選手たちとの信頼関係ができあがるわけではないが、毎日ちょっとずつ会話を積み重ねていくことで、選手たちの中に指導者に対する信頼感が生まれ、そこから円滑なコミュニケーションというものが育まれていくのだ。

手前味噌な話になって恐縮だが、私が本校の監督になってから、野球部を辞めた選手はひとりもいない（ひとりだけ、軟式野球部に移っていった選手はいる）。

日章学園でも、途中で辞めていく選手はいなかった。

私のひとつの信念として、「野球が好きで入部してきた選手を、野球嫌いにしてしまうことだけはないように」という思いがある。野球が好きでたまらなかった選手が、野球嫌いとなって部を去っていく。指導者としてこれほど悲しいことはないし、そういった選手が出てきてしまうのは、上に立つ者の指導力が足りないからである。

「教育の一環」として野球に携わる私たち指導者が、もっとも大切にしなければならないのは、「野球好きの選手がもっと野球を好きになるように」することなのだ。

ランニング

選手とのコミュニケーション 1

私は練習中、常に選手たちとコミュニケーションを取ることを考え、いろんなアプローチで選手たちと会話するようにしている。そんな中、私が実践している方法で代表的なものをふたつ、ここでご紹介したい。

まずひとつ目が、練習途中や全体練習後に気になる選手2～3名を呼び出し、一緒にランニングすることである。

ランニングをしながら選手たちと会話するのだが、内容は野球の話だけでなく、学校でのこと、家庭のこと、彼女や好きな女の子のことなどいろんな話をする。そうやっていろんな話をすることで、選手との距離は確実に縮む。選手たちとの会話で野球の話をすることも大切だが、それ以外にプライベートなことに関しても、友達感覚で会話をしていくことがとても重要だと私は思っている。

そもそも、私が選手と一緒に走るようになったきっかけは、日章学園で監督を務めていた時代に遡る。

当時、日章学園には日系ブラジル人の片山文男投手（元・東京ヤクルトスワローズ）が、エースとしてチームを牽引してくれていた。彼ら留学生は寮生活をしており、私も大阪から単身赴任ということで同じ寮に住んでいた。

寮の門限は夜9時である。ある日の夜、片山が私の部屋にやってきて「監督、ランニングをしたいんですけど、9時を過ぎているので一緒に行ってもらえませんか」と言ってきた。

がんばろうとしている選手のお願いを無下に断るわけにもいかず、私は一緒にランニングに付き合った。寮からグラウンドまでの距離は1キロほど。グラウンドは当然真っ暗闇なのだが、片山と私は30~40分かけて一緒にランニングをした。以来、片山とは定期的ではないものの、度々一緒に走るようになった。そしてこのことがきっかけとなり、三重中京大で指導をしている時代には、選手たちと約5キロ走ることが恒例となっていった。

三重中京大時代に指導をした則本昂大投手とは今でも電話で会話し、年末に開かれるOB会でも顔を合わせる。今でも彼は、あの頃に一緒に走ったランニングの思い出話を語ってくれる。

当時は今ほど密に選手と会話することもなく、どちらかといえばコミュニケーションを取るというより、体をクールダウンさせるという意味合いのほうが強かった。それでも則本投手は「あのランニングはよかったです。リラックスできました」と言ってくれる。ただあの頃、私は体力維持のために走っていたが、彼らは練習後ということもあって「結構しんどかったです（笑）」とも言っていた。

今では監督を退き、総監督という立場となったため、以前よりも自分の時間を自由に使えるようになった。だからその分、私は小島監督が手の回らない細かい部分を見るように努めている。

選手たちとランニングをする時間も以前よりわりと自由に組めるようになった。練習中、全体練習後を問わず、「今走れるな」と思ったら気になる数名の選手を呼び、20～30分間一緒に走るようにしている。

選手との関係が密になってくると、最初は他愛のない会話をしていても、話をしているうちに「実は監督……」と悩み事の相談になったりすることも多くなる。また、私が野球の話をしなくても、彼らから野球の話を振ってくるようにもなる。そこで私は私なりの考えを彼らに伝える。下手なミーティングを30分も40分も続けるくらいなら、このように選手たちと個別に話をしたほうがよほど有効である。

また、心理学的な観点から見ると、相手と話す時に真正面の位置で会話をすると相手は威圧感を覚え、友好的な会話がしづらいという。そう考えると、選手と一緒に並んで走るのは、選手にリラックスしてもらうという意味でもいいことなのかもしれない。

選手とのコミュニケーション②

マッサージ

専修大時代、野球部では後輩が先輩の体をマッサージする習慣があった。その頃はただ何となくマッサージをしていたのだが、社会人になってから先輩や同僚にマッサージしているうちに「あ、この人はここが悪い」「ここをほぐせば体の調子がよくなる」ということが直感としてわかるようになってきた。人体に関すること、マッサージに関することの勉強をしたわけではないが、経験を積むうちにそういった感覚が養われていったのだろう。

これは本校ならではの習慣なのだが、練習中や練習後、体の一部に張りを感じたり、疲労を感じたりする選手が私の前に行列をつくる。私はそういった選手をベンチに寝かせ、どこが張っているのかを聞き、2~3分かけてマッサージを行うのだ。

選手たちは、私のマッサージによって体の調子がすぐによくなるものだから、何かあればすぐに私のところにやってくる。ピッチャーは肩や肘、その他の選手は足腰、膝など部位はさまざまだが、私は「あ、ここに乳酸がたまっているな」と感じるとそこを入念にマッサージする。たかだか2~3分のマッサージだが、ここでも私は選手たちと常に会話することを心掛けている。

私が選手と一緒にランニングするのも、選手たちにマッサージを施すのも、大前提は「選手たちとコミュニケーションを取る」ということである。

私の指導のひとつのテーマは「選手といかに距離を縮めるか」であり、どうやったら選手とうまくコミュニケーションが取れるかをいつも模索している。これからも何かいい方法があれば、それは随時取り入れていくつもりだ。

大学時代の則本昂大投手は4番手だった

前項で則本投手の話が出たついでに、彼が大学時代にどんな選手だったのかを少しお話ししたい。

滋賀県立八幡商業から、三重中京大に則本投手が入学してきたのは２００９年のこと。その時の私はまだコーチで、監督となったのは彼が2年生になってからだった。

則本投手は小学生時代、学童野球で全国大会に出場したこともあったが、中学、高校では全国大会の経験はなく、三重中京大に入学してきた時も１４０キロは出ていたが、それ以外にこれといって特徴のない、普通の投手だった。

私が監督に就任したその年、三重中京大は全国大会（第59回全日本大学野球選手権大会）に出場を果たした。この当時の則本投手は投手陣の中で3～4番手くらいに位置しており、彼は広島経済大との1回戦でリリーフとして登板するも、延長10回に力尽きてサヨナラ負けを喫することとなった。

この頃の彼は、伸びのあるいいストレートは持っていたが「いい球」と「悪い球」の差がとても激しく、ピッチングがまったく安定していなかった。ちなみにこの延長10回、サヨナラヒットを放った広島経済大の打者こそ、現在、福岡ソフトバンクホークスの主軸として活躍している柳田悠岐選手である。

元々負けん気は人一倍強い則本投手だったが、この敗戦を機に彼の眼の色が変わり、4年生になるまでの間に目覚ましい成長を遂げてくれた。

今でこそ、可動範囲の広い、しなやかな投げ方をしている則本投手だが、2年生の時まではアーム式のただ力任せに投げるような投球フォームだった。それを4年生になるまでに少しずつ修正していったわけだが、その内容に関しては事項で詳しく触れたい。

そして迎えた則本投手の最終学年。彼はチームのエースへと成長し、三重中京大も全国大会（第61回全日本大学野球選手権大会）に出場。1回戦で大阪体育大と対戦し、1-2で敗れはしたものの、則本投手は延長10回を投げ切って大会記録となる20奪三振を記録し、大会の特別賞を受賞した。

この活躍によって彼はプロからも注目される存在となり、みなさんご存じのように2012年のドラフト会議において、東北楽天ゴールデンイーグルスから2位指名という高い評価を受けて入団。その後の活躍に関しては、私がここで語るまでもないだろう。

アーム投げだった則本投手をいかに修正していったのか

大学2年生までの則本投手はまだ下半身も弱く、フォームもバラバラ。いい時は目を見張るようなストレートを投じるのにそれが続かず、悪い回転のストレートを痛打される。そんなシーンの目立つピッチャーだった。

この頃の彼は典型的な「アーム投げ」になっていた。肘の使い方が悪いから腕が真っ直ぐのまま出てきてしまい、腕のしなりを使ったピッチングができないでいたのだ。

また、則本投手は下半身が弱かったため、足を上げた反動を使って投げようとしていた。足の反動によって少しでも球威を上げたかったのだろうが、そのためにピッチングフォームのバランスを著しく欠いていた。

則本投手は腕の振りを修正するのと同時に、下半身も強化していく必要があった。そこで私と則本投手はじっくりとその2点に課題を絞り、修正、強化をしていくことにした。

まず腕の振りに関しては、アーム投げを無理に上から投げさせようとすると逆にフォームを崩してしまうことになるから、私はスリークォーターに近い腕の振りを彼に覚えさせることにした。

その際、肘の使い方もとても重要になってくるのだが、その練習に私が取り入れていたのが「キャッチャーがセカンドへ送球する時のフォーム」をピッチャーにさせることである。送球の距離は25m程度でいい。座った状態からキャッチャーのように腕を畳んでコンパクトなフォームで送球する。この練習では、投げる時にどうやったら肘をうまく抜きながら投げられるかを体で覚えることができる。

下半身に関してはランニングやダッシュ、さらに体幹トレーニングを取り入れることで強化していった。

2年生の全国大会で、柳田選手に打たれたサヨナラヒットの悔しさが彼の中にずっと残っていたのだろう。彼は厳しいトレーニングにも積極的に取り組み、大学3～4年の2年間で目覚ましい成長を遂げてくれた。

私の社会人と高校野球の指導者人生を通じ、指導してきた中でナンバー1のピッチャーはもちろん則本投手だが、その他にも田村コピー時代に指導した谷浩弥投手（1999年のドラフトで読売ジャイアンツに2位指名）もいいピッチャーだった。彼は当初は本格派の右投手だったのだが、途中からサイドスローに変えさせたところ球速が130キロから最速140キロ後半にアップし、プロからも注目される存在となった。

ちなみに、2018年のセンバツで大阪桐蔭を追い詰めた本校の定本拓真投手は、うまく育てばプロに行く実力を十分に兼ね備えた逸材だ。彼は関西大学に進学して野球を続ける予定だが、今後の成長が非常に楽しみな存在である。

伸びる選手は学習能力が高い
――人の話に聞く耳を持とう

前項でご紹介した則本投手、谷投手、定本投手には共通点がある。それはいずれの選手も「学習能力がとても高い」ということである。

伸びる選手は総じて学習能力が高い。学習能力の高い人はみな、人の話をよく聞く。私のような指導する立場の人間の言うことだけでなく、チームメートの話もきちんと聞く耳を持っている。

学習能力の高い人は、聞く耳を持っているのと同時に、聞いた話をすべて鵜呑みにするのではなく、その中から「何が自分に合っているか」「どの意見が自分に有効か」を取捨選択する能力にも長けている。人から言われた意見を自分の中で整理、消化、吸収できるからこそ、学習能力の高い人は時に驚くほどの成長を見せるのだと思う。

２０１８年のセンバツ出場メンバーでは先述した定本の他、一番を打っていた梶田蓮と、３回戦の乙訓戦で完投勝ちを収めた福田桃也も非常に学習能力の高い選手だった。

梶田は入学したばかりの頃の体重が50キロほどしかなく、全然目立たない選手だった。だが1年、2年と経つうちに体重も増え、体ができてくると走力が増し、バッティングにも力強さが出てきた。この時のセンバツでは４試合で８安打を放ち、打率４割を記録した。

もうひとりのピッチャーの福田は、入学当初は右投げオーバーハンドの本格派だった。身長も１８０センチ近くあるのだが、存在感がまったくなく、練習中もどこにいるのかよくわからないような選手だった。彼は大阪のシニアチームに所属していて、そこのコーチと私が知り合いだった縁もあって入学してきた。

「来るものは拒まず」の本校だが、それなりの実績を持った選手も入部してくる。

福田はそんな同期のメンバーを見て「自分は絶対にベンチ入りなんてできない」と思っていたそうだ。

ピッチャー志望だったが、身長はあるのに球威がなかなか上がらない。そこで私は「オーバースローにこだわらず、自分の一番投げやすい腕の振り（角度）を探してみろ」と伝えた。その結果、本人が「サイドスローが一番安定していて、いいボールが投げられます」と言ってきたため、そのままサイドスローで投げさせることにした。

学習能力の高い彼はその後、スライダーや動くボールとして知られるツーシームを覚えてメキメキ実力を伸ばし、センバツで好投するまでのピッチャーとなったのである。

もし、本書をお読みの読者の中に中学や高校で野球をやっている選手がいたとしたら、私はみなさんに「とにかく、まずは人の話に聞く耳を持とう」と言いたい。「自分はこうしたい」「こうあるべき」という固定観念は、時にその人の成長を阻害する要因になってしまうことがある。

だから固定観念はまず一旦脇に置き、人の話を聞いてみよう。そして聞いた上でいろんなことにトライし、自分に合っているものだけを取捨選択しながら、それを自分の成長へとつなげていけばいいのである。

単にほめるだけではダメ ――選手を伸ばすほめ方とは

できないことができるようになった選手がいれば、そういう部分を見逃すことなく、しっかりとほめてあげるのが指導者のひとつの役割だと私は思っている。

また、ほめるにしても、ただ単に「よくやった」だけではほめたことにはならない。「どこがどうよかったのか」「どの点が成長したのか」を明確に指摘してほめなければ、指導者の真意は伝わらないし、ぼやけたほめ方では選手の伸び率も減少してしまう。

どんな時もその理由を明確にするのは、選手が失敗した時も同じである。選手がミスをした時に「このアホンダラ！」と怒鳴るだけで終わってしまうのはダメな指導者の典型だ。選手がミスをしたら「何がいけなかったのか」をまず考えさせる。そしてその答えが合っていれば「そうだ。だから次はそうならないようにしような」と言えばいいし、選手がわかっていないようならそのヒントを与え、また考えさせる。

この時肝心なのは「選手が答え（原因、理由）を自分で見つける」ことである。人から言われたことはすぐに忘れてしまうが、自分が身をもって体験したことはなかなか忘れないものである。だから、あくまでも答えは選手から言わせるようにし、「そうだな。だったらこうしていけばいいんじゃないか」とアドバイスを与えてあげるようにすればいいのである。

また、指導者というのは選手をほめた時、どうしてもその次のことが言いたくなり「よくやった。じゃあ、次はこれもできるんじゃないか？」と次のステップを提示してしまいがちだが、そこもぐっと我慢して選手の口から「次はこうしていこうと思います」ということを言わせるように持っていくことが肝心だ。

例えば試合中に、バッターが見逃し三振をしたとする。指導者の中には「振って三振はいいが、見逃し三振はダメ」ということで怒る人もいるようだが、私はそういった時にも選手を怒ることはない。

大事なのは選手自身が「なぜミスをしたのか」に気づくことである。選手がミスをした、できなかったのは「能力がないから」である。そんな選手に対し「なんで能力がないんだ」と怒ってもしょうがない。

見逃し三振にも「手が出なかった」「ボールだと思った」「予測していたのとは違う球種だったから反応できなかった」などいろんな理由があるはずである。指導者は頭ごなしに怒るのではなく、それぞれが思っている理由を聞いてから、「だったら次はどうすればいいと思う?」と自らその解決策を出せるように導いてあげればいいと思う。

一塁へ全力疾走しない選手がいたとしても私は怒らない。そういった選手に私は「なぜ全力疾走が必要なのか?」をまずは説明する。

全力疾走すれば相手がわずかなミスをした時にセーフになるかもしれない。また、常に全員が全力疾走をするチームであれば、それだけで相手チームへのプレッシャーとなり、相手のミスを誘発できる可能性が高まる。

野球とはわずかな可能性に賭けて準備をし、その可能性を少しでも広げるためにチーム一丸となって相手に向かっていくスポーツである。ひとりでも気を抜いたプレーをしていたら、「勝ち」はどんどん遠ざかっていく。それをしっかりと選手に説明するのである。

ほめる時も、ミスを指摘する時もポイントを明確にして選手に示してあげる。それがもっとも大切なのだ。

選手に自信を持たせるには「過程」をほめる
――この世は結果がすべてではない

前項で述べた「ポイントを明確にしてほめる」ということの他に、私が選手に自信を付けてもらうために日頃から気を付けていることがある。それは「結果が出た時」だけほめるのではなく、「努力している過程」でほめてあげるようにするということである。

ヒットを打った、ピンチを抑えた、ファインプレーをした、そういった「いい結果」を選手が出した時にほめるのは、誰でも簡単にできる。

だが、選手に自信を持たせるには、そういった「結果」が出ている時よりも、努力している「過程」を認めてあげて、「よく、がんばってるな。お前はこの間までは○○（悪かったポイント）だったけど、がんばって練習したからとてもよくなっているぞ」とほめてあげることが大切だ。

今の社会は「結果至上主義」の考え方が主流である。私たち大人だけでなく、子供たちもテストの点数や成績表の評価といった「結果」だけで優劣を判断される世の中で育ってきた。

だから選手たちも入部してきた当初は、「結果を出さなければ」と必死に練習に取り組む。もちろん、必死に練習に取り組むことは結構なのだが、結果だけを追い求めていると、どうしても「結果を出すためなら何をしてもいい」という考え方に陥りやすく、時にずるいこと、卑怯なことまでしてしまったりするようになる。

私が高校野球に携わっているのは、「野球の上手な選手を生み出すため」でも「甲子園に出場するため」でもない。一番の目的は、本校の選手たちが社会人となった時、この社会でしっかりと生きていける人間になってほしいから毎日選手たちに指導を続けているのだ。

だからこそ私は「この世の中は結果がすべてではない」ということを知ってほしくて、がんばっている選手を見つければ「よう、がんばってるな。○○がとてもようなってるで」とほめてあげるようにしている。

「過程」をほめられた選手は「そうか、結果を出さなくても監督は認めてくれるんだ」と自信を持つ。そして、「もっとがんばろう」という前向きな気持ちで練習に取り組んでくれるようになるのである。

尊敬する人は誰？
――選手たちの感謝心を育む

春、野球部には新たな部員が大勢入ってくる。その時、私はまず最初に1年生たちに「尊敬する人は誰か？」と聞くようにしている。すると、ほとんどの選手が「ダルビッシュ投手です」とか「柳田選手です」「則本投手です」と、現役のメジャーリーガーやプロ野球選手の名を挙げる。

そういう答えが返ってくると、私は「お前たち、ほんまにその選手を尊敬できるんか？」と聞く。すると選手たちは「はい。やっぱりすごいボールを放るし」「すごいバッターやし」と必ず返してくる。

だが、選手たちが言っている「尊敬」は尊敬ではなく、ただの「憧れ」である。だから私は「お前らの言ってるのは憧れや。尊敬というのはその人の生き方、性格などがわかった上で〝この人はすごいな〟と思えるのが尊敬や」とその都度説明するようにしている。その上で「尊敬する人は誰やねん？」と聞くと、ほとんどの選手が「うーん……」と考え込んでしまう。

そうなった時に、私が必ず言うようにしているのは「まず身近にいる人を見てみろ」ということである。

誰のおかげでここまで育ってくることができたのか？

誰のおかげで大好きな野球ができているのか？

お前らのために泣き言も文句も言わず、ただひたすらに働いてくれているお父さん、お母さんがいるからお前らが今、ここにおるんやないのか？

自分の身近にいすぎて気づかないかもしれないが、そんな両親をすごいとは思わないか？

そんな両親のすごさに気づき、感謝できる人間でなければ、いくら野球を練習したって無意味である。親に感謝のできない人間は、仲間にだって当然感謝できない。そのような感性では野球はうまくならないし、チームワークを乱す元となるだけだ。

だから親のすごさに気づける感性、親に感謝のできる感性をまずは持つようにしよう。毎年、まず最初にそう選手たちに伝えるようにしている。

このような話を1年生のうちにみんなにするため、本校の3年生たちは「尊敬する人は誰だ?」と聞けば、まず真っ先に親を挙げる。

「野球選手である前に、ひとりの人間としてどうあるべきなのか」

それを考えていく上で、「尊敬する人は誰?」という質問はとても有効だと思う。

やんちゃな子も変わる
――選手を導くには信頼関係が重要

野球のみならず、物事を上達させていく上で大切なのは、人としての素直さである。ただ、そうはいっても、毎年本校野球部には40名ほどの新入部員が入ってくるわけで、その中には素直な子もいれば、ちょっと擦れた子、ひねくれた子も当然のことながら存在する。

かつて、相当なひねくれ者がいたが、その選手は徐々に考え方が変わっていき、とてもいい選手になった。それは、2014年の甲子園準優勝メンバーの二塁手だった佐田泰輝である。

私は当時、まだ赴任したばかりのコーチだった。普段から佐田の様子を見ていると監督、コーチの言うことを真面目に聞いているふうでまったく聞いていない。彼はうまく大人をはぐらかしている気だったのだろうが、私は彼のそんなずる賢さを見抜いていた。

だからある日、彼にノックをしている最中に単刀直入に「お前はなんでそんなにひねくれてるねん」と聞いてみた。

それまで私が監督を務めていた三重中京大は三重高の系列校であり、私が三重中京大にいる頃も三重高とは交流があった。そんなわけで佐田も私の存在は知っていたし、当時の三重高の監督、部長、副部長含め、私が一番年上だったから彼も私には一目置いているようだった。

だから私は思い切って「お前はどうして監督やコーチの前では斜に構えている

のか?」という意味で先述の言葉をかけてみたわけだ。

するると佐田は「いえ、そんなことないです」と答えた。だから私は、「お前は裏表があるやないか。人を見て態度も変えているやないか。俺がもし監督やったら、お前は使われへん。お前は確かに野球は上手かもしれんけど、そんな裏表のある人間を俺はベンチに入れることはできん」とはっきり伝えた。そして前項で述べた「誰を尊敬しているのか?」という話から、親に感謝しなければならない話を続けて話した。

幸いにも、佐田は根っからのひねくれ者ではなかったし、野球が大好きだった。彼は私と話をしてから徐々に変化を見せるようになり、翌春、私が監督に就任する頃にはまるで人が変わったように一生懸命に練習に取り組むようになった。もちろん、他のコーチに対しても裏表のない対応をするようになり、私たち指導陣の話も素直に聞くようになった。その後、佐田は中京大野球部へと進み、そこでもレギュラーを獲得して4年間の大学野球生活を全うした。

結局のところ、指導者の接し方によって、選手はいい方向にも悪い方向にも変わっていくということである。

そして、選手たちをいい方向へと変えていく上で欠かせないものが「信頼関係」だと思う。指導者はいかに選手といい信頼関係を築いていけるかがカギなのだ。チームを強くしたいなら、まずは選手たちとの信頼関係を築くことが先決だといえよう。

上辺だけでいい人を演じたり、上辺だけのやさしさで人と接したりすることは嘘でもできる。しかし、相手のダメなところを指摘するのは、誰だって嫌われるのが嫌だから言いにくいものである。

しかし、本気で選手のことを思うなら、指導者は嫌なことでも言わなければいけない。そして、そういうことを言える関係になるには、普段からいろんな話をして、お互いに理解し合い、選手から信頼されていないと難しい。

私は社会人時代からいろんな人たちと接する中で、どうやったら人間関係がうまく築けるのか、選手をいい方向に導いていくことができるのか、正しい指導ができるのかを学んできた。それが今、選手たちを指導する上でうまく生かされているように思う。

指導者は「己の野球観」より「選手を生かす野球」を優先すべし

近年、野球の戦術的な考え方もだいぶ変わってきて、メディアなどでも「二番打者最強論」といった話が出ているのをよく見かける。そんな時代の流れもあって、甲子園でもバントをするチームが昔に比べればだいぶ減ったように思う。

ただ、私は個人的には「バントはするべき時にする」タイプであり、たとえ大量点で勝っていたとしても、野球は何が起こるかわからないスポーツなのでバントで送る時もある。

県大会、あるいは甲子園などで他チームの試合を見ていると「あそこで送っておけば勝てたのに」と思う試合がいくつもある。だが、強攻策が好きな監督さんは試合に負けたとしても「選手たちは精一杯やってくれました」と語るだけだ。

チームの指揮官である監督が、まずなすべきこと。それは、自分の満足感を求めて戦術を行使するのではなく、「今いる選手たちを生かすための最善の戦術を考える」ことである。

しかもそれは、高校3年間だけを考えた短期的な視点から導かれるものではない。選手が高校を卒業した後、本校でいえば「大学野球に進んでも通用する選手を育てる」という長期的な視点を持って選手たちを指導し、チームの戦術、戦略も練っていかなければならないのだ。

打って勝つのは確かに気持ちがいい。私もすべての試合で打ち勝つことができるのなら、バントやスクイズなどの戦術は用いないだろう。

だが、実際にはすべての試合で打ち勝つことができるほど野球は甘くない。好打者の基準とされる3割バッターでも、10回のうち7回はアウトになるのが野球である。また、レベルが高くなればなるほどピッチャーのレベルも上がっていくので、打ち勝つことは容易ではなくなっていく。

だから監督は常にいろんな状況を想定して、その準備をしておかなければならない。監督は自分の信念、あるいは野球観といったものはまず一旦脇に置き、大局的な視点で物事を捉えなければならないのである。

強豪校と練習試合をする意味

本校は進学校ということもあってか、生徒たちは押しなべて大人しい。それは野球部のメンバーにも同じことがいえ、自己主張もあまりせず、競争心、闘争心も乏しい。私はそんな選手たちに闘争心を持ってもらうため、チーム内での競争を促し、さらにできる限り練習試合を多く組むようにしている。

練習試合では、「強豪」と呼ばれる学校と対戦することも多い（とくにAチームは）。強豪校と試合をすることで選手たちの技術を向上させることはもちろんだが、「名前負けしない強い心」や「プレッシャーに負けないタフさ」といったメンタルを鍛えたいので、あえて強豪校と多く試合を組むようにしているのだ。

三重は関西エリアと中京エリアのちょうど中間に位置している。関西や中京といえば、全国に名を馳せる強豪がひしめく激戦地帯である。対戦相手はいくらでもいるから、この立地を生かし、週末の土日は強豪校と練習試合を繰り返す。

関西エリアでは大阪桐蔭、龍谷大平安、報徳などとはしょっちゅう練習試合を行っているし、履正社や智辯和歌山とも試合を組んだことがある。中京エリアでは東邦や中京といった強豪の胸をよく貸していただく。

明徳の馬淵史郎監督とは個人的にも仲が良く、年に一度、高知に遠征して練習試合を行うのが恒例になっている。その他にも、休み期間中などには関東地区や九州地区に遠征する。関東地区に遠征する際には木更津総合や帝京、桐蔭学園、桐光学園、山梨学院といった強豪と試合をさせていただくことが多い。

強豪校と多く対戦することで、選手たちの中に強いチームに対する〝免疫〟ができていく。だから本校の選手は、大阪桐蔭を目の前にしても臆することがない。入部したての頃は精神的な弱さを持っていた選手たちも、強豪との対戦を繰り返していけば精神をタフにすることができるのだ。

選手たちを変えた甲子園初勝利と自主的なゴミ拾い

２０１４年夏、本校は甲子園で準優勝を果たしたが、この時、私たちは伊丹駅近くのホテルに宿泊していた。

１回戦・広陵戦の朝、朝食を食べる前に私たちはホテルの周辺を散歩した。ただ散歩するだけではもったいないので、私は選手たちに「ゴミ拾いをしながら散歩をしよう」と提案した。そして迎えた1回戦、私たちは劇的な延長サヨナラで勝利することができた。

あくる日のこと。また数名の選手と散歩していたところ、ゴミが落ちていてそれを当たり前のように選手たちが拾い集めるのを目にした時、私は「こんなにも人は変わるんだな」と改めて甲子園のすごさを感じた。

選手たちは1回戦の勝利で「俺たちはいける」と自信を持ったのだろう。その自信が選手たちの自発的な行動につながり、私が何も言わなくても彼らはゴミ拾いを始めたのだと思う。それ以来決勝戦まで、毎朝のゴミ拾いが選手たちの日課となった。

私は、「ひとつの勝利で選手たちがここまで変わるのか」ととても驚いた。自発的になった選手たちは一戦ごとに力を付け、三重県の予選時とは比べ物にならないくらいの強いチームになっていった。甲子園には、若者たちの内なる強さを目覚めさせる不思議な力があるのである。

私は練習時においても、選手たちに何かを強制するようなことはしない。上から押さえつけるようなやり方を続けていては、選手たちの自主性は育まれない。選手たちに強制して何かをやらせたとしても、それは監督が満足感を得られるだけでチーム自体は強くならないのだ。

「選手たちが自主的に動けるような環境をつくる」

指導者がまずやらなければならないのはこれだと思う。

ほとんどのケガは未然に防げる
――選手たちが申告しやすい環境をつくる

スポーツにはケガが付きものである。本人はケガをしようなどと思っていないのに、不意のプレーや疲労が蓄積したことによって、ケガをしてしまうのはよくあることだ。

だが、私が長年選手を指導してきた経験から言えるのは、「ほとんどのケガは未然に防げる」ということである（プレー中に何かに衝突したりといった事故的なケガは除く）。

よくあるのは、ピッチャーの肩や肘のケガだが、こういったものは早め、早めに手を打っていけば防げるものばかりだ。風邪に例えるなら、指導者は「風邪を引いてから『さて、どう治すか』」と考えるのではなく、「風邪を引かないようにするには普段からどうしていったらいいか」を考えるべきだと思う。

体のどこかに違和感のあるピッチャーは、ブルペンで投球練習をしていても仕草がおかしかったり、投球のリズムがいつもと違ったりする。野手も走り方、キャッチング、スローイングが「あれ、いつもと違うな？」というふうに見えれば、体のどこかに変調をきたしている証拠である。選手たちのそういった変調を指導者が見逃さなければ、ほとんどのケガは未然に防げると私は思っている。

指導者が選手のちょっとした変化を見逃さないようにするには、とにかく普段から「練習をしっかり見る」ことに尽きる。

他校の監督さんの中には、「ノックする態勢が整ってからグラウンドに出てくる」「しっかりと見るのはバッティング練習だけ」といった方もいるようだが、そのやり方で選手のケガを防ぐのは難しいと思う。

「練習をしっかり見る」ということは、練習開始時のランニングから選手をしっかり見るということである。そういったことを毎日続け、観察眼を磨いていかないと、各選手の微妙な変化に気づくことはできない。

選手同士による観察もしっかりしてもらいたいので、本校では「キャッチボールする相手」「ピッチング練習のバッテリー」は基本的に3年間同じ相手とやらせるようにしている。

長年同じ相手とキャッチボールをしていれば、嫌でも相手の妙な変化に気づけるようになる。それはケガ云々の前に、フォームチェックの機能も果たしているため、調子を崩しているピッチャーなどに「ちょっと肘が下がってるんじゃないか？」と助言を与えられるようにもなる。選手同士がお互いをチェックできていれば、ケガを未然に防げるようになるだけでなく、「調子を崩すこと」も未然に防げるのである。

また、ケガを未然に防ぐために、私は選手たちに「痛いところがあったらすぐに監督、コーチに言うように」とも伝えている。ケガを少しでも軽い状態で食い止めるためには、「選手からの申告」が何よりも一番重要である。

そしてそれを実践していくためには、選手たちが指導者に話しやすい環境をつくっていく必要もある。

責任感の強い選手ほど「チームに迷惑をかけられない」と思って痛みを我慢し

がちだ。「この試合を休んだらレギュラーから外されてしまう」というプレッシャーも、ケガを申告できない理由になりやすい。だから普段から、

「痛みを我慢して試合に出場し、それが長期離脱となるようなケガになったとしたら、それこそチームに与える損害は計り知れない。だから、とにかく無理をしたらいけない。数試合休むくらいは気にするな。復帰してからまたグラウンドで自分をアピールしていけばいい」

と指導者は言い続け、選手たちに安心感を与えてあげることも大切だと思う。

第4章

甲子園で勝ち上がるための練習と育成術

三重高の練習は9割守備
――守備重視でも打力は上がる

三重高は、元々バッティングが売りの「打」のチームだった。練習も私が就任する以前は、その9割をバッティング練習に割いていた。

だが、大学野球から高校野球へと戻ってきた私は「守備重視」の野球を目指したかった。そこで練習もそれまでとはまったく逆の、一週間の半分以上を「守備9、打撃1」の割合にした。

選手たちも最初は戸惑ったと思う。しかし、彼らは守備重視の練習をとても新鮮に感じてくれたようだった。新しい練習に興味を持って、真剣に取り組んでくれた。するとどうだろう。守備重視の練習をしていたのに、選手たちの打撃力は上がっていったのである。

それはなぜか？

守備練習に重点を置くことで、バッティング練習に割ける時間が少なくなったため、効率を上げるべく選手たちが工夫するようになり、質の高いバッティング練習に変わったからだ。また、実戦等でバッターボックスに立つ前には、相手投手を観察して自分の頭で考え準備することで、打撃力を向上させることができたのである。

一口に「打撃力」といっても、そこにはパワー、技術、選球眼などいろんな要素が複雑に絡んでいる。打撃力を向上させるには、要素それぞれのレベルを上げていかなければならないが、守備練習がその向上に一役買ってくれたのだ。

さらに、選手たちは守備を知ることによって、ヒットを打たなくてもランナーを進塁させることができる、得点することができるということを理解し、自分たちで「どうすれば得点できるか」を突き詰めて考えてくれるようになった。

仮にそれぞれの選手に高い打撃力があったとしても、チームとして「考える野球」ができなければ得点にはつながらない。

「いい当たりだったけど、野手の正面だった」

そんな野球を繰り返していては、甲子園で勝ち上がることなどできない。

本校の選手たちは内野手の動きを知ることで、それが自分のバッティングにも生かせることを知った。

例えば、ランナーがいる時の相手の守備位置を見て、瞬時にどちらに転がせばいいのかを判断したり、あるいは打球に強弱を付けることを考えられるようになったりするためには、内野の守備を知っていなければできないことだ。

また、考える野球ができるようになったことで、ピッチャーの配球を読んだりすることもできるようになっていった。守備練習に重点を置いたとしても、このように打撃力、得点力をアップさせることはできるのである。

不名誉な「史上最多安打敗戦校」の記録が私を変えた

本校では、平日の練習は16時〜18時30分くらいまでが守備練習で、その後20時

30分の完全下校までの間の1時間弱が打撃練習となり、残った時間を自主練習にあてている。

フリーバッティングならば、だいたい一回りして終わりである（本校には「野球部だから」という特別扱いは一切ない。試験前も練習はできない。夏の甲子園の前も、試験前にあたるため練習のできない期間がある。「野球部は他の生徒の模範であれ」という学校方針のため、特別扱いや配慮はない）。

どの学校もそうだと思うが、選手たちは守備練習よりも打撃練習のほうが好きだ。私が監督に就任し、ガラッと練習内容が変わった時も当初は「なんで守備練習ばかり……？」という雰囲気だった。

しかし、守備重視の練習に取り組み、自分の守備力が向上していくのを選手たちも肌で感じたのだろう。やがて守備練習に興味を持つようになり、自発的に取り組むようになっていった。

それまでは自主練習でバッティングばかりしていた選手が、守備練習に取り組むようになったり、野手はピッチャーに「ゴロを打たせれば全部捕るから」と言えるようになったり、ピッチャーは「よし、それなら低めへの制球力を磨こう」と考えられるようになったりしていった。

練習の質、精度が上がり、野手とピッチャーとの信頼関係も以前とは比べ物にならないくらいによくなった。内野手、外野手ともに自分の守備に自信を持ち、ちょっとオーバーかな、と思うくらいの位置取り（シフト）が敷けるようにもなっていった。

そもそも、なぜ私が守備重視の考え方にいたったのか？

実は、大学の監督を務める以前から、私はその考え方を持っていた。それは日章学園時代の苦い経験がもとになっている。

私が日章学園で監督をしていた2002年の夏、宮崎県代表として甲子園に初出場を果たした時のことだ。抽選の結果、2回戦が初戦となり、相手は静岡代表の興誠（現・浜松学院）に決まった。

この時、私たちは22本のヒットを打ちながら8－9の1点差で負けた。一方の興誠は、私たちの半分にも満たない9安打である。恥ずかしいことだが、これは

22安打が9安打に負けた「史上最多安打敗戦校」として、今でも甲子園の記録となっている。

日章学園は2本のホームランを含む毎回安打と、先発全員安打の計22安打で得点のチャンスを再三つくったものの、併殺打、スクイズ失敗など拙攻の連続で8得点にとどまった。そして8‐8の同点で迎えた最終回、興誠の攻撃で日章学園のリリーフピッチャーがフォアボールから2アウト一、三塁のピンチを招き、最後はピッチャーの暴投によりノーヒットで決勝点を献上してしまった。

日章学園も9回裏の最後の攻撃で2本の長短打を放ち、ノーアウト一、三塁という絶好のチャンスをつくったが、次打者のスクイズがピッチャーフライの併殺となって試合は決まった。

この年の日章学園にはエースの片山文男や主軸の瀬間仲ノルベルトの他、ブラジルからの留学生が計3人おり、宮崎の予選では5試合で38得点も叩き出した強打のチームだった。しかし、甲子園では攻撃面の細かいプレーと守備面でのミス（四球4、エラー4）が重なり、不名誉な記録を残すことになってしまったのだ。

この悔しい敗戦を機に、私は考え方を改めた。

「打」のチームは、時にものすごい破壊力を持つことになるかもしれないが、あの時の日章学園のように「もろさ」も併せ持つ。そのような不安定な状態では、甲子園で勝ち上がれる常勝チームをつくることはできない。そこで私は、「守備重視」の野球に取り組むようになったのである。

ノックの受け方をひとつ変えるだけで、守備力がぐんぐん伸びる

「考える野球」が身に付いてくると、あらゆる練習において「ちょっと考え方を変えるだけで、2倍も3倍も自分の実力を伸ばしてくれる」という事実に気づくことができる。

例えば、自分の右側に飛んでくる打球（逆シングルで捕るような打球）を苦手としている内野手がいたとする。私はその選手が普通にノックを受けていたら

「苦手を克服するにはどうしたらいいか、考えてノックを受けなさい」とまずは伝える。

この選手の場合、自分の苦手を克服したいのなら、あえて定位置よりも左側に守り、普通の当たりでも逆シングルで捕るようにすれば、他の選手とは違う右側の打球の守備練習をしたことになる。

大所帯のチームであれば、内野ノックの時に同じポジションに4~5人の選手がいることも珍しくない。そんな時、自分だけ他の野手と違う打球を打ってもらうのは難しいから、あえて自分から守備位置を変えてしまえばいいのだ。

この考え方は外野手にも応用できる。グラウンドが小さくて、後ろの打球を捕る練習がなかなかできない場合、そんな時はあえて前進守備を敷き、普通のフライでも頭上を越えるような当たりにしてしまえばいい。練習の中身の精度、質は指導者任せではなく、選手自らの考え方次第でどんどん変えていけるし、そういうことのできる選手が自らの実力を伸ばしていけるのである。

ノックの話が出たついでにもうひとつ付け加えさせていただくと、守備の基本を身に付けるのなら、ノックを何本も受けるより、４～５ｍの距離から手投げで転がされたゴロをしっかりと基本姿勢でキャッチ、ステップをして送球という守備の基本動作を繰り返し練習したほうがよほど効果的だ。

私はこの練習を、とくに1年生にたくさん行うようにしている。気になる選手がいると「ちょっと来い」と言ってグラウンドの脇に呼び出し、そこで基本動作を何度も何度も繰り返す。頭で考えることももちろん大切だが、このように同じ動作を繰り返すことで、動きを「体で覚え込ませる」ということも野球では欠かせないのである。

スマホの動画機能を上手に活用する

投球のみならず、打つ、走る、守るといったプレーの精度を上げるには、普段の練習からいかに「実戦」を意識して取り組んでいくかにかかっている。選手たちは常に実戦を意識することで、「次はどうしたらいいか」と先を考えた野球をするようになる。

このように、自分の頭で考えられる選手がひとりでも多くいる世代のチームは、必然的に強くなる。

ちなみに本校では公式戦、練習試合を問わず、遠征試合に赴いた際には必ずキャッチボールの時にワンバウンド送球をさせるようにしている。これはグラウンドによってボールの弾み方が違うし、雨天によっても変わってくるため、それを選手たちに確認させる意味で行っているが、これも実戦を意識した練習方法のひとつといっていいだろう。

私の野球理論、練習方法はすべて実戦に即した、「試合で勝つためには何をしなければならないか」を考えた末に導き出されたものである。

また、最近はスマホなども進化し、きれいな動画が撮れるようになっているが、こういった機器を使い、投球フォームや打撃フォームを撮影し、選手に直接見せるのも、正しい動きを習得してもらう上でとても有効な方法である。

選手たちは動画で自分の動きを客観的に見ることによって、「どこを直す必要があるのか?」という修正点がすぐにわかるし、修正中も「まだ直ってないな」「前よりはだいぶよくなったな」と、その変化を自分の目で確認できる。前項で述べた守備の基本練習も、動画で撮れば選手は「自分のどこがよくてどこがダメなのか」がすぐにわかる。

「自分の動きを確認するのは動画で」

誰でも簡単にできるので、どんどん動画撮影を活用するといいと思う。

バッティングの基本は「体の中で打つ」

本校のフリーバッティングは3つのゲージを設置し、そこから打つ。バックネット側から見て、一番右端はセンターからライト方向、真ん中はセンター返し、左端はセンターからレフト方向に向かって打つ。理由は後述するが、本校ではピッチングマシンは使わない。機械ではなく人間が投げ、しっかりとタイミングを取って打つことが重要だと考えている。

私が選手たちに教えているバッティングの基本は、「体の中で打つ」ということである。

打者のヒッティングゾーンは、来たボールのコースによって異なるが、いずれのコースであっても腰は開かずに「体の中」で打ってから体を回転させる。わかりやすく言えば「ボールを捉えるポイントは体の正面（ヘソの前）で打つイメージで手首を返す」という流れとなり、インパクトの瞬間は右打者ならバットの先端が左の肩より前に出る感じである（実際には、ボールを捉えているポイントはもっと投手寄りになる）。

これは、あくまでも軸を崩さずにしっかりした打球を打つための感覚を植え付ける方法であり、「体の中」で捉える感覚は、ティーバッティングや普段のバッティング練習の中で磨いていくしか方法はない。

遠くに飛ばそうとするあまり「体の前（投手寄りのポイント）」でボールをさ

ばいてしまっている選手も多い。指導者の中には「打つポイントは前」と教えている人もいるが、ボールを捉えるのはあくまでも体の正面（ヘソの前）である。体の中でボールを捉え、鋭くリストターンを行う。こういった基本スイングを身に付ければ、体の軸がしっかりして鋭い打球が飛ぶようになる。

この動きを覚えるには、右打者なら左手で手首の角度をつけて空手チョップを行い、体の正面に来た時に手首を返すという練習方法もある。

また、本校ではティーバッティングの際、右打者は右手（左打者は左手）でバットを持たせて片手でティーバッティングを行い、「体の中」でボールを捉える感覚を体で覚えさせるような練習もしている。この時、下半身を使うと上半身も連動して動いてしまうので、下半身はまったく動かさず、前腕と手首だけを使うようにしてボールを打つ（バットは振りやすいように短く持ち、体を開かず「腰は回転させない」ように打つ）。そうすることで打つポイント、さらに腕の使い方、手首の返し方などを体で覚えることができる。

「体の中」でボールを捉えられさえすれば、下半身が開く（アウトステップする）ような形になっても問題はない。インコースを打つのがうまいバッターは、このポイント、打ち方がしっかりとできている。だから下半身が開いても上半身の肩は開かず、インコースのボールをうまく打ち返すことができるのだ。

また、バットがトップの位置に入った時の、利き腕の肘の位置にもとくに注意を払って指導している。タイミングの取り方があまり上手でない選手や、「遠くに飛ばそう」という意識が強すぎる選手は、肘が背中側に入るタイプが多い。

本来、肘はキャッチャー方向に弓を引くように移動するのが理想だが、背中側に肘が入ってしまうとそれだけバットが遠回りをして出てくるようになる。バットがなかなか出てこないから、それをカバーするために体の開きも早くなって、正しくスイングすることができなくなってしまうのである。

このようなタイプの選手には、ティーバッティングの際、正しいトップの位置から肘をそのままヘソへ持ってくる動きを何度も反復させる。こうすることで体が開かないようになり、正しいスイングができるようになるのだ。

バッターの心構えと選球眼の磨き方

バッティングの際に、私が口酸っぱく選手たちに言い続けているのは、「一番遠いボール（アウトコースのボール）をしっかりと打つ意識を持て」ということである。

基本的な「待ち球」はホームベースの半分より外側に設定し、そこにボールが来たら迷わず打つ。アウトローのボールは打つのが難しいので、待つのはあくまでもアウトコースの真ん中から高めのゾーン。そのゾーンに来たボールをしっかりと打てる体勢を整えておけば、懐に余裕が生まれ、インコースのボールにも対応できる。

逆に「インコース待ち」で、アウトコースのボールを打とうとすると体が開いてしまい、しっかりとボールを捉えることができなくなる。だから私は「一番遠いボールをしっかりと打て」と言い続けているのだ。

現代の野球におけるピッチャーの投球の半分以上は「アウトコース中心」であるから、この意識があるか、ないかで打率にも大きく影響する。

ストライクゾーンの中で、ボールの見極めが一番難しいのはアウトコースのボールである。だからこそ、アウトコースに意識を置いておけば、2ストライクと追い込まれてからアウトローのボールが来ても、しっかりと見極められるようになるのだ。

肝心なのは「打ちに行きつつ、ストライクゾーンから外れていれば見逃す」ということであり、最初から「見逃すつもり」ではアウトコース（とくにアウトロー）のボールは決して打てない。

「待ち球は、ど真ん中からアウトコースにかけてのゾーン」

これがバッターの基本的な心構えなのだ。

その他にも、本校ではアウトコースのボールの見極めだけでなく、選球眼そのものがよくなるように、選手たちが「球審役」となってバッティング練習を行っている。

バッティング練習は、基本的に「個人の練習」である。そこで選球眼を磨こうとしても、個人の判断のため自己満足だけで終わってしまうケースが往々にしてある。そこで、球審役の部員も付けて「今の投球はストライクか、ボールか？」と、二人の目で見ることで、打者が正しい判断、正しい選球眼を養えるようにしているのだ。

「センター返しで打て」とは言わない

ここまでご説明してきたように、私は狙い球をある程度絞ってバッティングをするように選手たちに指導している。

だがその際に、「センター返しで打て」というような「打球の方向性の指示」は一切しない。もちろん、アウトコースのボールを思いっきり引っ張ってしまえば、ボテボテのサードゴロなどになりやすいため、そのようなバッティングは推奨していないが、左中間から右中間の間であれば「打つ方向はどこでもいい」と教えている。

なぜ、私が方向性をあまり指示しないのかというと、センター返しというような「決められた方向」へ打とうとすると、どうしてもスイングの力が半減してしまうからである。

試合中、「好きに打て」というサインを出した時は、選手たちにフルスイングをしてほしいと思っている。「ここで一発」という場面でフルスイングをするためには、普段の練習からしっかりとフルスイングができていなければならない。だから私は、打球の方向性にはそれほどこだわらないバッティングの指導をしているのだ。

フルスイングの指導を続けた結果、面白いことに本校のバッターは「逆方向への長打」を打つ選手が多くなった。私は決して「逆方向へ打て」と教えているわけではない。それなのに、なぜ逆方向への長打が増えたのか？

これは、選手たちがアウトコース寄りのボールを意識しながらフルスイングすることによって生まれた産物である。アウトコースのボールを遠くに飛ばそうと思ったら、自然と打球方向はセンターから右方向となる。選手たちは、それを知らず知らずのうちに体で学んでいたのである。

対戦相手がいいピッチャーであればあるほど、追い込まれたら「バッターが不利」な展開となる。そうなる前に、少しでも甘い球が来たらフルスイングで逃さず捉える。この心構えが大切なのだ。

ピッチングマシンもスピードガンも必要ない

選球眼を磨く練習と、狙い球を絞る心構えを持つことで、四球を1試合につき3~4個は必ず取れるようになった。試合において、四球はヒットと同等の意味を持つ。とくに打ち崩すのが難しい好投手が相手の場合、四球での出塁がその後のチャンスにつながることが多い。「好投手からいかに得点するか」が、公式戦を勝ち抜いていくための必須条件であり、それをクリアするためにもっとも有効な手段が「四球での出塁率を増やす」ことなのだ。

プロ野球、高校野球を問わず、野球の世界では「打率3割」は好打者の基準とされている。プロ野球では「打率2割5分」と「打率3割」の違いはとても大きく、それは年俸にも大きく反映される。

だが、私は打率にはそれほどこだわらず、とにかく四球でもいいから「塁に出る」、つまり「出塁率を上げよう」と教えている。

そもそも、「3割」と「2割5分」は打率にすると大きく違っているように感じるが、別の側面から見るとそれほどの差がないことに気づく。3割バッターは「100打席中30本のヒット」を打っているのに対し、2割5分のバッターは「100打席中25本のヒット」を打っており、その差は「たったの5本」である。ここに犠打や四球が絡んでくれば、それは「打数にカウントされない」ため、そこで打率はさらに上がる（例えば、83打数25安打で、打率は3割1厘になる）。

出塁率を上げつつ、場合によってはバント、スクイズなども併用しながらとにかく勝ちにこだわる。それが本校の野球といっていいだろう。

バッティング練習ではマシンを使わないと先述したが、使うのはバント練習などの時だけである。マシンに慣れてしまうと、バッターのタイミングの取り方が淡泊になってしまう。ピッチャーは一人ひとり、投げ方も違えば、足を上げる、足を踏み出すといった「間」も異なる。スイングスピードを上げることはとても大切だが、どんなに速いピッチャーを打つにしても、一番肝心なのはタイミングである。そういう理由から、本校ではタイミングの取り方を普段から磨くために、生身の人間が投げた球だけを打つようにしているのだ。

また、本校ではスピードガンも使わない。ピッチャーがスピードを追い求めると、「変な力み」や「体が開きやすくなる」といった副作用が生じやすくなる。体力が付き、技術も磨かれ、投げるボールが速くなれば、それを一番実感するのは本人である。それを、わざわざ機械で確認する必要はまったくないと私は考えているのだ。

人間性が出るバント練習

2014年夏、大阪桐蔭に負けた決勝戦では、本校にバントの失敗がいくつかあった。だが、当時から私たちはバントの練習を密に行っていた。時には5時間、バント練習だけという日もあった。

選手たちは日頃から十分にバント練習をしていたので、バントには絶対的な自信を持っていた。大一番の決勝戦では失敗が重なってしまったが、実際あの大会でも準決勝まではバントはうまくいっていた。

ここで、私たちが普段行っているバント練習をご紹介したい。本校のバント練習は6人一組のチームを4つほどつくり、それぞれマシンを相手に行う。

ホームとマウンドの間5～10mほどの距離のフェアゾーンに、ベルト状のエリアを石灰で記す。練習ではそのエリアにボールを転がして止めることを目指し、

6人が順番にバントをする。そのエリアに6人すべてのボールが連続して入らなければその班は終わらない。打球が弱すぎても強すぎてもダメだし、バットの先でしっかりと勢いを殺さなければエリア内でボールは止まってくれない。簡単なようでこれが意外と難しい。

これは、「選手の性格を見る」という意味でも、有意義な練習である。エリアにボールが入らないことが続くとやけになっていく選手、腹を立てて怒り出す選手、失敗してもあきらめずにまわりを鼓舞しながら練習を続ける選手など、それぞれの人間性が出る。「こいつにはこんなところがあるのか」と、その選手の人間性を知ることは指導者だけでなく、選手たちにとってもいいことだと思う。

バント練習を1時間、2時間と続けていると雰囲気が悪くなってきて、たまりかねたうまい選手が下手な選手に「こうやればいいよ」と教えはじめる。すると下手な選手も構え方、姿勢がよくなってバントができるようになっていく。

バントの下手な選手は「顔とバットが離れている」ものだが、それが徐々に理想である「顔とバットが近い」構え方に変わり、バントの内容も結果も大きく変わるようになるのだ。この時は、最終的に全員が成功するまで5時間かかったが、選手にとっては有意義で貴重な時間になったと思う。

自分にもっとも合った投げ方を探す

高校野球は12月から2月まで対外試合が禁止されているが、この時期はピッチャーが正しいフォームを体で覚えるのにもっとも適したシーズンである。

私の考える正しいフォームとは、「自分にもっとも合っている投げ方」を意味する。もちろん、ピッチャーの基本的なフォームは身に付けなければいけないが、一番肝心なのは「自分に合った投げ方」を探すことだ。その中でも、とくに私が重要だと思っているのが「腕の振り」である。

ピッチャーの投げ方はオーバー、スリークォーター、サイド、アンダーの4つに分けられる。私は投手に、この4つの投げ方の中で自分が一番自然に腕が振れるのはどれか、あるいは一番いいボールが行くのはどこかをまずは探させる。

そこで選手本人が「この角度で振るのが一番しっくりきます」と言ってきたら、私はその腕の振りでどんなボールが投げられるのかを確認する。そして確かにいいボールを投げているのであれば、次にその投げ方に合わせた下半身の使い方、さらに体の鍛え方などを教えていく。

よく指導者が、ピッチャーに向かって「腕を振れ」と言っているのを見かけるが、ピッチャーは「腕を振ろう」と思って投げているのだから、「もっと振れ」と指導するのはちょっと違うと思う。腕が振れていないのは、下半身がうまく使えていないか、あるいは「その投げ方（腕の振り）が合っていないか」のどちらかであるから、指導者はその原因を探ってあげるほうが先決なのだ。

また、本校では基本的にブルペンでのピッチャーとキャッチャーのコンビは、3年間一緒に組むようにしている。3年間、同じ投球を受け続ければ、キャッチャーはちょっとしたピッチャーの変化にも気づけるようになる。ピッチャーの投げたボールの質の違いを一番わかるのは相棒であるキャッチャーだから、「どの腕の振りで投げたら一番いいボールが来るか」もよく知っている。いいピッチャーを育てるためには、指導者がしっかりしなければならないが、それ以上に「いい相棒（キャッチャー）」が必要なのである。

「真っ直ぐに立つ」ことができず、後ろ重心の投手が多い

選手はそれぞれ体格も違えば、体の動かし方も違う。私はそれを理解した上で、その選手に合った言い方で指示をし、その選手に合ったやり方で練習をさせる。ただ、ピッチングにおいてその基本となる部分は、タイプが違えども共通している。それは「足を上げた時に真っ直ぐに立つ」ということである。

「足を上げた時に真っ直ぐ立つのなんて簡単じゃないか」とお思いの方も多いかもしれないが、実は立った時に「かかと」に重心がいってしまっているタイプが非常に多い。真っ直ぐに立った時の理想のバランスは、やや「指先の方」に重心

がかかるくらい。足を上げた時に真正面から胸を押されてもふらつくことのないバランスが理想だ（バランスがかかとにいっていると、胸を押された時に後ろに倒れてしまう）。

右ピッチャーの場合、ランナーが出た際、一塁牽制を意識するあまりバランスがかかと側にかかりがちである。こうなると踏み出した時に足、体のバランスともに一塁側に流れやすく、体のパワーをしっかりとボールに伝えられなくなってしまう。だから私は、ブルペンで投球練習している投手によく「一塁にランナーがいると思って投げなさい」と言う。普段からこのように意識することで、実際の試合でもしっかりとしたバランスで真っ直ぐ立つことができるのである。

ピッチングというものは、微妙なフォームの違いで大きな差が出てくる。いい球を投げるピッチャーがいたとして、みんながそのフォームを真似たとしても同じボールが投げられるわけでもない。ピッチングフォームというのは、ほんのわずかな違いで投球の質が変わってくる。そのもっとも基本となるのが、立ち方なのである。

「真っ直ぐに立っているかどうか」を指導者が確認するには、ピッチング練習をしている時に、ピッチャーの後ろ（背中の側）に立てばいい。そしてピッチャーが足を上げたら、ちょっと後ろ側に引っ張ってみる。かかと側に重心のあるピッチャーはそれで後ろ側に倒れてしまうから、そうならないように矯正していけばいいのだ。

他にも、正しい立ち方になっているかどうかを確認する方法として、右投手の場合は左手を右の腰に当てて投げさせてみることもよく行う。そうすると、正しく真っ直ぐに立てている投手は体が開かずにいいボールを投げられるが、後ろ体重になっている投手は体がほどけてしまい、リリースの瞬間にまったく力が伝わらないのが一目瞭然となる。正しい立ち方ができていないと、体が開きぎみになってしまうからである。

「腕を振れ」と言って振れるものではない

私は以前、2018年のドラフトで読売ジャイアンツから3位指名された松商学園の直江大輔投手に指導をしたことがある。松商学園と練習試合をした際、足立修監督から「直江に指導をお願いします」と頼まれたからだ。

直江投手は、足を上げた時の重心がとても後ろ（かかと側）にかかっていた。重心が後ろにかかっていると、足を踏み出した際に体が開きやすく、ボールがシュート回転するようになって球威が衰えてしまうばかりか、アウトコースへのボールが真ん中に甘く入ったりするようになってしまう。だから私は直江投手にそれを指摘し、重心が真ん中にくるように指導をした。

私はピッチャー出身ではないが、ピッチャーを育てるのが好きで、三重中京大時代に指導した則本投手をはじめ、教え子にはプロ入りしたピッチャーも多い。

そんなこともあって、最近では松商学園の足立監督のように、自チームのピッチャーを指導してほしいからと練習試合に来てくれる強豪校も増えた（青森の八戸工大一などもそうである）。

ピッチャーを指導していると、ちょっと投げ方を変えさせただけで驚くほどの成長を見せる時があって、それが楽しくてたまらない。私はいろんなピッチャーを教えることで自分の中の引き出しを増やしてきた。その甲斐あって、今ではその選手に合った指導ができるようになった。

先述したように、球威がないピッチャーに対し、「腕を振れ」と言っている指導者をよく見かけるが、腕が振れていないピッチャーに「腕を振れ」と言っても振れるわけがない。下半身と連動したピッチングのメカニズムがあって、はじめて腕は振れるようになるのだから、腕だけ指摘しても球威は上がらないのだ。

何度も言うが、思ったようなボールが投げられないピッチャーは、足を上げた時の重心が後ろにかかっていることが多い。また、足を踏み出した時、体が開きがちなピッチャーの大半は重心が後ろにかかっている。つまり、足を上げた時にしっかりと真っ直ぐ立つように修正することで、足の踏み出し、体重移動がスムースになり、体も開かず、そのピッチャーが本来持っている伸びのあるストレートが投げられるようになるのである。

杓子定規な指導では
いいピッチャーは育たない

指導者がただマニュアルに則っただけの、杓子定規な指導をしていても選手は育たない。そのピッチャーの体の動きを見て適性を見抜き、その選手に合った指導をしていくことが重要である。

先にも述べた通り、社会人野球の田村コピーで監督をしていた時、谷浩弥をオーバースローからサイドスローに変えたことでその才能が開花し、彼はプロで上位指名されるほどのピッチャーとなった。

谷は、オーバースローでは130キロそこそこのストレートしか投げられなかったのだが、サイドスローでしばらく投げさせたところ、最速１４０キロ後半の球を投げられるようになり、社会人の日本代表にも選出された。

このように、指導者はどういう体の使い方、投げ方、腕の振り方をすれば、そのピッチャーが本来持っている力をもっとも発揮できるかを、見極めてあげなければならないと思う。

教え子である則本投手からはシーズン中、今でも度々私のところに電話がかかってくる。彼がピッチングで悩んでいると、私はその時々で「こうしたらいいいんじゃないか」と、自分が思っていることを伝える。

彼はプロ入りしてから縦に落ちる変化球（フォークやスプリット）を覚え、急成長を遂げた。みなさんは則本投手のことを「オーバースローのピッチャー」だと認識されているかもしれないが、彼が一番力を発揮できるのはスリークォーターぎみのところで腕を振っている時だ。しかし、縦に落ちる変化球の質を上げようとすると、どうしても「上から投げる」という意識が強くなり、投げ方も際立ったオーバースローになってしまう。シーズン中に彼が調子を崩すのは、たいていがやりすぎたオーバースローになっている時である。

もちろん、それだけがすべての原因ではないが、ある変化球を投げるためにベストのピッチングフォームを見失ってしまうことは往々にしてあるので、ピッチャーをしている人にはその点に気を付けていただきたい。

ちなみに、変化球にもいろんな種類があるが、同じ変化球でも投手によって握り方は異なる。それぞれの球種ごとに基本となる握り方はあるが、もっとも曲がる握り方、投げ方はその人によって異なるので、それを選手と一緒になって探してあげるのも指導者の役割である。変化球の握り方を試すのはブルペンではなく、キャッチボールの中で遊び感覚で行うのがいいと思う。

「打者を打ち取れるボール」が、最善のボールの質

下半身と上半身の動きが連動し、腕の振り、リリースポイントなどがピタッと

決まれば、投げたボールの質は明らかに向上する。

私は本校のピッチャーに「球速」を求めたことはない。求めるのはあくまでも「そのピッチャーに合った最善のボールの質」である。

「そのピッチャーに合った最善のボールの質」とは、ボールの速い、遅いではないし、伸びがいい、悪いでもない。私の求めるボールの質は「打者を打ち取れるボール」「打者が打ちにくいボール」である。つまり、打者を打ち取れるボールであれば120キロでも、もっと極端にいえば80キロでもいいと思っている。

近年、ピッチングマシンの質も向上しており、それにともなって高校球児も150キロ程度のストレートであれば普通に対応してくる。だが、そんなマシンの150キロに慣れてしまっている分、遅いボールや動くボールには弱いバッターが多く、これからの高校野球で勝ち上がっていけるのは、緩急をうまく使えるピッチャーになっていくと思う。

これまでの日本の野球では、きれいな回転のボールが「いいボール」とされ、それを多くのピッチャーが求められてきた。だが、今はメジャーリーグなどを見ればわかるように「動くボール」が主流の時代である。

だから私は、そのピッチャーの投げ方さえ問題なければ、動くボールやクセのあるボールを投げるピッチャーのフォームには手を付けない。真っ直ぐなのにややスライドしたり、あるいはちょっと沈んだり。そういったボールはバッターからすれば本当に打ちづらく、これは間違いなくピッチャーの長所といえる。

これからの甲子園では、ただスピードが速いだけのピッチャーではなく、緩急をうまく使えるピッチャーやクセのあるボールを投げるピッチャーが多くなってくるはずである。

私の考える理想の投手陣

ベンチ入りが20名だとした場合、私はしっかりしたピッチャーが揃っていれば投手陣は3名でいいと思っている。さらにその3名の理想は本格派（オーバースロー）の「右投げ」「左投げ」と「サイドスロー（できれば左投げの）」である。

今、プロ野球などでも「右の大砲不足」という話をよく耳にするが、これは高校野球も同じで、左バッターのほうに好打者が多い。そうなると重要になってくるのが、左投げピッチャーの存在である。いい左投げピッチャーがいるか、否か。それが常勝チームとなれるかどうかのカギを握っているといっていい。

3年生が引退して臨む秋の大会は2年生が主体の新チームだが、この秋の大会にこそ左ピッチャーの存在が重要となる。

バッターは一冬越えるとスイングの軌道、スピード、あらゆる面で大きく成長するものだ。しかし、新チームのバッターはまだ成長する前段階にあるため、左ピッチャーの変化球にしっかり対応できる選手は少ない。秋の大会は春のセンバツにつながる重要な大会なだけに、私は秋の大会にこそ左ピッチャーが必ずひとりは必要だと考えているのだ。

また、近年では本当に少なくなってしまったアンダースローもチームにひとりいると、それはとても大きな戦力となる。だが、アンダースローを投げるには持って生まれた「体のしなやかさ」が求められるため、アンダースローのピッチャーをつくるのは大変難しい。アンダースローの投げ方は特殊なため、無理に投げさせようとすると肩や肘の故障につながることにもなってしまうのだ。

昔に比べてアンダースローが少ないのは、幼い頃から「野球をして遊ぶ」という習慣がなくなってしまったことが大きな原因のように思う。昔は川や池や海で平たい石を投げ、石が水面を何回跳ねるかその数を競いながら遊んだものだが、あの投げ方こそアンダースローにつながるものだ。

さらに今、都心では野球をして遊べる環境がほとんどない。子供たちは遊びながらいろんな投げ方を身に付けていくものだが、その機会が減ってしまえば、アンダースローのピッチャーも減って当然だろう。

私の過去の経験でも、サイドスローピッチャーを育てたことはあるがアンダースローはない。機会があれば、アンダースローのピッチャーを育ててみたいとは思っているのだが……。

ピッチャーの育成スケジュール

ここでは、本校のピッチャーの育成スケジュールに関してご説明したい。

入学してからの最初の一年は、まず体の使い方を徹底的に覚えさせる。基本の立ち方から始まり、体を鍛えながらフォームを無駄のないものにしていく。ほとんどのピッチャーは入学したての頃は「遠くに投げよう」「速い球を投げよう」とするあまり、無駄な動きがとても多くなっている。そこで私は、そういうクセをひとつずつ、修正していくのである。

投げ方を修正する時には、近い距離のキャッチボールで十分だ。逆に遠い距離を投げさせようとしたり、ブルペンで速い球を投げさせようとしたりすると体に無駄な力、無駄な動きが入ってしまって修正が難しくなる。まずはフルパワーを出す必要のない、近い距離で正しい体の使い方を覚えさせていくのである。

走り込みに関しても、本校では長い距離を走らせることはあまりしない。メインとなるのはダッシュと体幹トレーニングである。ダッシュには坂道ダッシュも入るが、あまり急な坂道を走るのではなく、なだらかな坂の30m、あるいは50mのダッシュを繰り返し行う（本数はその時々で違うが20〜30本程度）。

1年生の時に正しい体の使い方を覚え、2年生になると今度は投球の質を高めていく。具体的にはストレートなら速さやキレなどそのピッチャーに合った最善の質を追求し、変化球ならキレや動き（動くボール）、コントロールを求めていく。そのためにも、1年生のうちに自分にもっとも合った腕の振り方、リリースポイントといったものを習得しておく必要がある。

2年生になったら体もだいぶできあがってくるため、1年生のうちに基礎を固めておくのが重要なのだ。3年生になった時にはもうすることはほとんどなく、体力（スタミナ）とフォーム、そして心のバランスを図り、本番でその力をしっかりと発揮できるようにしていくだけである。

体力がいくらあっても、無駄ばかりの間違ったフォームでは、いいボールを投げることはできない。無駄のない正しいフォームを身に付け、その上で体力をアップさせていくことが何よりも大切だといえる。

フォームを少し変えただけで、甲子園で活躍したふたりの投手

ピッチャーというのは、ほんの少しフォームを変えただけで驚くほど投球の質がよくなることがある。

2014年夏の甲子園準優勝時のエース左腕・今井重太朗は甲子園6試合すべてで先発した。今井と私はフォームをコンパクトにしようと、その改良に春から取り組んできた。それが夏の甲子園に間に合い、コントロールが向上し、体への負担もだいぶ減ったため長いイニングを投げられるようになった。

左対左はピッチャー有利と言われたりするが、左ピッチャーは左バッターに意外と投げづらいものである。とくに、ボールを挟んで投げる球種が得意なピッチ

ャーはなおさらだ。これはデッドボールが怖いからであるが、当初は今井も左バッターが苦手だった。

しかし、テイクバックをコンパクトにしてからは腕が体に巻きつくようになり、フォークやチェンジアップもしっかりコントロールできるようになっていった。その結果、今井は甲子園では左バッターにほとんど打たれていない。

2018年春のセンバツで、日大三に被安打7の完封勝ちを収めた定本拓真も、ちょっとしたフォームの変化で大きく成長したひとりである。

定本はセンバツ直前の1月下旬、踏み込む歩幅を7歩から6歩に変えたことで見違えるようにボールの質がよくなった。彼は速い球を投げようとするあまり、歩幅が広がってしまって下半身がうまく使えず、結果として上半身の動き、腕の振りが悪くなっていた。

しかし、歩幅を一歩狭めたことで体の動きに余裕が生まれ、下半身と上半身がしっかり連動できるようになった。定本自身も「こんなに変わるなんて」と驚くほどに球速、ボールの質ともにアップし、ご存じの通り甲子園では目覚ましい活躍を見せてくれた。

変わったのは何よりもストレートの質である。スピンが利き、ボールがバッターの手前で加速しているかのようだった。初速と終速の差があまりないため、日大三のバッターは定本のストレートが球速以上に速く感じられたに違いない。

彼の持ち球は、真っ直ぐとカーブとフォークの3種。ただ、フォークは精度が低いためほとんど当てにならない。日大三戦でも投げていたのはストレートとカーブがほとんどだった。あの日は真っ直ぐが本当によかったため、抜けたフォークにも日大三の打者は空振りしてくれた。

その結果、強打で有名なあの日大三打線に対して完封勝ちである。試合前のブルペンなどの様子から「いいピッチングをしてくれそうだ」とは感じたが、私もまさか完封勝ちするとは夢にも思っていなかった。

このように、傍から見たらほとんどわからないようなほんのわずかなフォームの変化であっても、そのピッチャーにとって驚くような変化、向上を見せることがあるのである。

ピッチャーの良し悪しの判断基準

私がピッチャーの良し悪しを判断する際、一番注目するのはマウンド上での振る舞い（所作というかマウンドさばき）である。その振る舞いを見れば、投球を見なくてもある程度投手の良し悪しはわかる。

マウンドさばきのいいピッチャーはフィールディングもよく、バント処理などもうまい。逆に「何かマウンドでドタドタしとるな」というピッチャーは、やはりピッチングもよくないものである。

そう考えると、マウンドさばきといったものは非常に感覚的なもので、うまくなろうとしてうまくなれるものでもないので、いいピッチャーというのはある程度「先天的な才能」も必要なのかもしれない。

フォーム的には、本書で何度も述べているが「足を上げた時の立ち方」で、ある程度その良し悪しは判断できる。

また、私がいつも注目して見ているのが「肘の使い方」である。とくにサイドスローピッチャーの肘の使い方は「肘が体の近くを通っていく」のがベストで、その投げ方ができているピッチャーは力強いボールを放ることができ、コントロールもいい。

何度も繰り返して恐縮だが、今の時代、左のサイドスローがチームにひとりいると、それはとても貴重な戦力となる。だから、私は左投げのピッチャーがたとえオーバースローであっても、サイドスローでいけそうな肘の使い方をしている場合は転向を勧めることもある。

今、社会人野球の王子製紙でセットアッパーとして活躍している若林優斗投手は、私が高校時代にサイドスローを勧め、その後開花して中京大から王子製紙へと進み、活躍を続けてくれている。

補足として、いいピッチャー、いいバッターに共通しているものがひとつある。それは、しっかりとした自分の「間」を持っているということである。その「間」

によって懐が深くなり、タイミングの取り方がよくなる。さらにしっかりとしたタメがあるので、いい投球ができる（いい打球が飛ばせる）ようになるのだ。

三重高の体幹トレーング

本校での体力づくりは学年問わず、1～3年生の全員が同じメニューをこなすようにしている。選手たちの体形は一年でとても変わる。とくに一冬越した時の腰や太ももの張りには目を見張るものがある。

体を大きくするには食べることももちろん大切だが、私は強制的に「これだけ食べろ」という指導はしていない。あくまでも食べ方に関しては各自、各家庭に任せている。

食事に関して、野球部として指導しているのは「できる限りたくさん食べること」、そして「お腹が空いたら練習中でもいいからおにぎりなどを食べること」

のふたつくらいである（プロテインの摂取も選手の自由にしている）。

体づくりに話を戻すと、私たちはウエートトレーニングは重視していない。その代わりに重要視しているのが体幹トレーニングである。

体幹トレーニングは年間を通じて行う。投手陣なら体幹トレーニングに加え、50mダッシュ50本（これは平地の場合。50mの坂道ダッシュの場合は20〜30本）などを盛り込む。本校の主な体幹トレーニングは以下の通り。

［体幹トレーニング］

腹筋系

- クランチ50回（仰向けになって膝は90度で通常の腹筋をする）
- ひねり左右50回（仰向けで足を上げた状態で上半身をひねる）
- バタ足100回（仰向けでバタ足の動きで腹筋を鍛える）
- クロス100回（仰向けで手は頭の後ろ。右肘と左膝、左肘と右膝を交互にタッチする）

・V字30回（仰向けで横から見てV字になるように上半身と下半身を上げる）
・1分間足上げ（仰向けで足を上げた状態をキープする）

背筋系

・ノーマル100回（うつ伏せで上半身と下半身を上げて体を反らす）
・ひねり100回（うつ伏せで足を上げた状態で上半身をひねる）
・ミックス30回（ノーマルとひねりをミックスさせる）
以上のメニューを、日によって数セット行う。

［その他の体づくりメニュー］

・バッティング練習中のハンマー（タイヤ叩き）
・20分ストレッチ、20分アップ
・素振り、6秒1回スイング、300本（マネージャーのカウントに合わせて）

また、冬は体を大きくする時期でもあるため、選手たちには毎日体重を計測して、それを各自の野球ノートに記入し、提出させるようにしている。目標体重は「身長マイナス100キロ」。さらに理想的な体重は、目標体重プラス5キロとしている。選手にはその理想体重を目指し、どのようなトレーニングをし、どのような食事を取ればいいのかを見直させる。

逆に理想体重をオーバーしている選手は、体脂肪を減らすために積極的にランメニューや筋力トレーニングをさせるようにもしている。

痩せていたタイプが目標体重に近づくことで、バッターなら飛距離が伸びたり、ピッチャーなら球威が増したり、打球や投球の質がいい方向に変化していく。高校生はトレーニング次第で大きく体つきが変わるので、それを促すのも私たちの役割なのだ。

メンタルトレーニング
——多面観察

メンタルを強くする上で、私が選手たちにいつも言っているのは「自分を知ることが大切」だということである。

自分はどういうことが苦手なのか、自分はどのような状況になると焦ってしまうのか、そういうことをひとつずつ確認していきながら経験を積んでいくことで、心は強くなっていく。

ただし、「自分を知る」といっても、なかなか自分を客観的に見ることは難しい。そこで私は社会人時代に学んだ「多面観察」という方法で、選手たちに「自分とは何者か」を知る手掛かりにしてもらっている。

「多面観察」では、5～6人でひとつのグループをつくる。そしてそのグループ内で、お互いに相手のいい面、悪い面を指摘し合う。そうすると、例えば自分の悪いところを指摘されて他の4～5人がそれに同調したとすると、自分ではそう思っていなくても「そうか、自分は人からはそう見られているのか」と気づくことができる。

これは神戸製鋼時代の管理職研修での経験から、今でも選手たちに行わせている方法である。

人から言われて気づくことは、とても多い。指導する立場の人間から「お前はこうだ」と言われるより、同じ立場のチームメートから「キミはこんなところがあるよ」と言われたほうが、心に響く。

また、これは言われた側の人間だけでなく、言った側の人間にとってもプラスの作用を及ぼす。いいことは相手に言いやすいが、悪いことは相手に言いづらいものだ。ただ、そんな言いづらいことを言い、悪いところをあえて指摘することでお互いに本音で話ができるようになり、相互理解が深まっていく。

この多面観察をした後は、練習中でも今までは他の選手に言えなかったことも言えるようになっていく。

なぁなぁの緩い雰囲気の中で、傷の舐め合いのようなことばかりしているチームや、あるいは「ドンマイ、ドンマイ」だけで済ませてしまうようなチームでは決して強くなれない。悪いところはお互いに「悪い」と指摘し合えるのがいいチームなのである。

第5章

これからの三重高、そして三重県野球

2018年、センバツ準決勝で敗退した原因

2018年のセンバツ準決勝、大阪桐蔭戦は本書でも繰り返し振り返ってきたが、バント失敗の他、今までやったことのないことをやってミスをし、こちらから勝手に自滅したといってても過言ではない。

これは「勝つため」の準備をさせてあげられなかった私たち指導陣のミスである。ピッチャー交代などの采配は結果論であるし、中にはやむを得ない選択もあった。延長12回に定本が大阪桐蔭の藤原選手に打たれた左中間へのサヨナラヒットにしても、定本を責めることはできない。彼は12回までよくがんばって投げ切ったと思う。

選手たちに悔いの残らない戦いをしてもらうためには、私たち指導者がいかに「選手たちを生かすための練習」をして、準備するか。そこにかかっていると思

う。そういう意味で、私は一指導者としてセンバツ準決勝でのサヨナラ負けは、大いに悔いが残っている。

試合の中では、たとえリスクが高い戦術でも、得点を奪うために決行しなければならない時がある。そういったリスクのある戦術を大事な局面で成功させるためにも、指導陣は普段からしっかり準備しておかなければならないのである。

本校は今までに二度、大阪桐蔭と甲子園で戦っているが、私は2018年のほうが「勝てる確率は高い」と感じていた。

みなさんもよくご存じのように、2018年春の大阪桐蔭は柿木投手と根尾投手、このふたりのピッチャーを軸に据えて戦っていた。ただこのセンバツでは、両ピッチャーともに制球に苦しんでいた。彼らは超高校級のピッチャーなので、連打による得点を期待するのは難しい。しかし、四球によって出塁率が高まれば、ある程度の得点も期待できると私は考えていたのだ。

だが、先発の柿木投手の調子がイマイチと見るや、西谷監督は早々に根尾投手へとスイッチ。あの継投がもう少し遅れていれば、きっと私たちはもう少し得点できていたように思う。代わってマウンドに上がった根尾投手にしても、ストレートの制球に苦しんでいた。そこでその日の彼の生命線だったスライダーに狙いを絞り、甘く入ってきたスライダーだけを打つようにしていれば、もっと大阪桐蔭を苦しめることができたはずだ。

根尾投手のスライダーはキレもよく、打つのは容易ではない。しかし本校の選手たちも打力はあったので、そんな一級品のスライダーであっても、狙いを絞れば打てる可能性は高かった。2014年に準優勝した時より、2018年のほうが打力は明らかに上だった。それだけに、狙い球を絞るように徹底できなかったことが残念でならない。

打力やパワー的な部分では2018年のチームのほうが上回っていたが、配球を読んだり、あるいはポジショニングを考えたりといった「考えて野球をする能力」は2014年のチームのほうが上だった。一人ひとりが「考える野球」ができたので、2014年のチームにはどんな強豪チームとやっても対等に渡り合える「臨機応変な対応力」が備わっていた。

だからこそ、決勝で大阪桐蔭に敗れはしたものの、日本文理から横浜ＤｅＮＡベイスターズに入団した飯塚悟史投手にも５－０で打ち勝ち、決勝の舞台まで進出することができたのだと思う。

甲子園の戦い方　その①

地方予選と甲子園の違い

三重県の球場は甲子園に比べると圧倒的にグラウンドが狭い。だから守備範囲がそれほど広くない選手でもそれなりにプレーできる（とくに外野）。

例えば、足の遅い外野手がいたとしても、県内予選の場合は後ろ目に守らせておけば、守備範囲の狭さをカバーできてしまうのだ。これは三重県だからこそできるポジショニングといえよう。

しかし、外野の広い甲子園ではそうはいかない。外野手の「足が遅い」というのは致命的で、アウトにできるフライがヒットになったり、あるいはシングルヒットが二塁打に、二塁打が三塁打になったりしてしまう。三重県代表校が甲子園でなかなか勝てなかったのは、こういった県内の野球事情も大きく関わっているように思う。

さて、大阪桐蔭のような甲子園常連チームならともかく、本校のような地方の代表チームが甲子園で勝つには、何よりも「先取点を取る」ことが重要となる。先取点を取り、優位にゲームを進める。この優位性を保つには、「逆転されない投手力」も同時に備えておく必要がある。

つまり「先取点を取れる攻撃陣と、計算のできる投手陣」が揃っていなければ、甲子園で勝ち上がっていくことは難しいと言わざるを得ない。

よく「甲子園には魔物が棲む」と言われるが、甲子園には甲子園だけが持つ独特の雰囲気がある。選手たちは高校生とまだ若いため、この独特の雰囲気に飲まれてしまう者も少なくない。

しかし、先取点を取れば「今日はいけるぞ」とチームに勢いが付く。この勢いに乗ると、普段はホームランを打たないような選手がホームランを打ったり、あるいはそれまで不調だったピッチャーが突如として好投したりと、ある種「奇跡」のようなことが起きるのである。

甲子園特有の雰囲気、流れに乗るのか、あるいは飲み込まれるのか。ここが勝敗の分かれ目であり、だからこそ「先取点を取る」ことが大切なのだ。

2014年に甲子園で準優勝した時は、1回戦の広陵戦は2点のビハインドをひっくり返しての延長サヨナラ勝利だった。先取点を奪うことができず、私の目論見通りではない展開だったが、私たちはこの奇跡的な勝利によって勢いに乗ることができた。

甲子園で勝ち上がっていくためには「まさかあそこで打つとは……」「まさかあの選手がこんなに活躍するとは……」といったような、ある種の奇跡も必要なのである。

甲子園の戦い方　その2

一番打者とピッチャーの決め球

2014年夏の甲子園、1回戦・広陵戦の延長サヨナラ勝ちで自信を得た選手たちは、続く2回戦ではテーマにしていた先取点を取り「これでいける」と確信したようだった。これは過信のような油断を含むものではなかった。選手たちは1試合で見違えるように成長した。私はこの時、甲子園のすごさを思い知った。

この大会では、1回戦だけは先取点を相手に取られたが、以降2回戦から決勝まですべての試合において本校が先取点を奪った。これが勝ち上がっていくための原動力となったのは言うまでもない。

また、先取点を奪うという部分で重要な役割を担うのが、他でもない一番打者である。2014年の大会では、一番打者を務めた長野勇斗が大会通算5割近い打率を残した。彼は夏の大会の前までは三番を打っていたが、「先取点を取る」

ことを重視し、甲子園ではトップバッターに据えた。彼が好調だったことも、準優勝という好結果につながった大きな理由のひとつである。

甲子園で戦って思うことは、「いいチームにはいい一番打者と、いいピッチャーがいる」ということだ。

甲子園を勝ち抜ける好投手は、必ず最低ひとつは自信のある球種を持っている。「このボールなら相手を抑えられる」と自信を持って投じることのできる球種、いわゆる「決め球」を持っているピッチャーは、甲子園のような大舞台になればなるほどその力を発揮する。また、自分の投げるボールに自信を持っているピッチャーは、ピンチにも強い。

つまり、ピッチャーの育成方法として、指導者が最優先しなければならないのは「そのピッチャーが自信を持って投げられる球種をひとつでも多くつくる」ということである。

「いいコースに投げないと打たれてしまう」と思って投げるのと「打てるもんなら打ってみろ」と自信を持って投げるのとでは、ボールの質、勢いがまったく違う。指導者は、そのピッチャーのフォームや適性をしっかりとチェックして見極めながら、「自信を持って投げられる球種」をひとつでも多くつくってあげることが重要だと思う。

大学進学を視野に入れた三重高野球

2018年のセンバツ出場以降、私たちは夏に向けて調整したがうまくいかず、甲子園に出場することは叶わなかった。しかし、その敗戦を糧に立て直し、秋の県大会では準優勝し、東海大会に進むことができた。残念ながら2019年のセンバツ当確の準優勝以上の結果を残すことはできなかったが、小島監督指揮のもと、選手たちは再び三重高野球部を甲子園に導いてくれると信じている。

本校は県内の強豪校のひとつであるが、総合力からいえば「毎年甲子園出場」を果たしてもおかしくない力を持っていると思う。だが、2018年夏の三重代表として県立の白山高校が甲子園出場を果たしたように、野球は何が起こるかわからないスポーツである。実力だけでは決して計れないところに野球の面白さがあり、魅力もある。どんなチームにも勝つチャンスは与えられている。そのチャンスを逃さないように、選手たちをサポートしてあげることが私たち指導者の役目だと思っている。

本校の部員はみな「毎年優勝して当然」だと思ってプレーしているし、またそれが変な驕りやプレッシャーになることもなく、「三重高野球部の一員である」という誇りを胸に日々練習に勤しんでいる。選手一人ひとりが目標を持ち、私たち指導者はその目標が達成できるような環境や仕組みを整えていく。そうすれば選手たちは迷うことなく日々の練習に取り組み、一球一打を無駄にすることなく野球に打ち込んでいけるのだ。

2018年度の3年生57名のうち、約半分が大学に進学しても野球を続ける予定である。そのため、3年生は引退しても受験勉強と並行しながらトレーニングを続けている。私の掲げる「高校野球は高校の3年間だけではなく、大学も入れた7年間をトータルとして考え、取り組んでいく」ことがしっかりと選手たちに根付いている。

3年生はそれぞれ、進学を希望する大学の野球部を事前に見学するのだが、私はそのすべての見学に付き添い、大学野球部の監督さん他、スタッフの方々などすべてに挨拶をする。こうすることで各大学とのつながりが密になっていくだけでなく、部員と私の信頼関係も築かれていく。大学進学という「出口」がしっかりしているからこそ、三重高野球部を選んで進学してくる部員はとても多い。

本校の伝統を守るためにも、グラウンド内での指導だけでなく、こういったグラウンド外での活動も指導者の大切な役目だと私は考えている。

私は「ノーサイン野球」はしない

2014年に甲子園で準優勝した際、1回戦に勝った選手たちは、その後も自主的にゴミ拾いを始めた。このような「選手たちの自主性」をどうやったら引き出せるのか、頭を悩ませている指導者の方もきっと多いと思う。

近年の教育では、子供たちの自主性、自立性を尊重しようという風潮が広まりつつあるが、その手綱を緩めすぎれば選手たちはだらけてしまうし、締め方がきつすぎれば選手たちの心は離れていってしまう。このさじ加減が非常に難しいところだろう。

私が選手たちの自主性を引き出すために日々行っているのは、選手の目指すものを具体化させ、「自分は何が足りないか」を本人に悟らせるようにしていることだ。そうすれば、選手たちは目指す方向に向かって進んでいく。指導する時も、私はあえて答えは言わない。選手自身が気づけるような、きっかけを与えてあげるようにしている。

2018年の夏の甲子園では、静岡代表の常葉大菊川が「ノーサイン野球」で旋風を巻き起こした。あの「ノーサイン」は選手たちの自主性を育むためにやっているのかもしれないが、私自身はノーサイン野球をやろうとは思わない。

私は、選手たちのよさを引き出すのが監督の役目だと考えている。でも、選手自身が100％自分のよさをわかっているのかといえば決してそうではない。

足の遅い子がいたとして、その選手は盗塁などまったく考えもしないだろう。だが、そんな足の遅い選手でもある状況下になった時、「今なら100％盗塁が成功する」という場面が出てきたりすることもある。その時に盗塁のサインを出してあげるのが、監督の役目だと思うのだ。

見るからに足の遅い子は、相手バッテリーから警戒されにくい。そこに盗塁のチャンスが生まれるのだ。

例えば、まったく警戒されていない足の遅い一塁ランナーが、1ボール2ストライクなどのエンドランがないカウントで、左投手の足が動いた瞬間にスタートすると5mほどの距離が稼げるため、ほぼ盗塁は成功する。するとその選手は、のちに少しでも足が速くなるための努力をしていくかもしれない。チームの総合力を上げていくというのは、そういうことなのだ。

また、特定の選手以外には「盗塁」や「セーフティーバント」のサインを必ず出すようにしている。投手のモーションや牽制のクセを判断し、配球やカウントなどによって確率の高い場面でサインを出してあげることが大切なのだ。

グラウンド内で起きた失敗の責任は、すべて指揮官たる監督にあると私は思っている。そしてサインによって采配を振ることが、監督の大きな役割のひとつだとも思っている。だから私は、選手たちの自主性は尊重するものの、「ノーサイン野球」というやり方を選ぶことはない。

大好きな野球に取り組む球児のみなさんへ

私が選手たちにもいつも伝えていることだが、「目先の結果」だけにこだわらず、野球に取り組んでいってほしいと思う。

ちょっとうまくいかなかったからといって、すぐにやり方を変えたりするのはよくない。そのようなことを繰り返していると、現状維持すらできないばかりか、プレーヤーとしての質を落とすことにもなってしまう。

「こうやる」と決めたら、それを貫く強い意思と持続力を持ってほしい。ただ単に「野球に取り組む」のではなく、また、ただ単に「強さを求める」のでもなく、「野球を通じて人間として成長していく」ことが何よりも重要なのだ。

全国の球児のみなさんはどうして今、野球をしているのだろうか？

「野球が好きだから」

「甲子園に出たいから」

「プロ野球選手になりたいから」

答えはきっといろいろあるだろう。しかし、「高校野球を引退した後」のこともしっかりと考えながら野球をするのも、とても大切なことなのである。

野球には、後々の人生に生かせることがたくさんある。チームワークを学ぶことで相手に対する思いやりが育まれ、挨拶、返事といったものをしっかりすることで礼儀作法も覚えられる。野球を通じて人間的に成長していけば、それまで見えなかったものも見えるようになってくるだろう。

単に「野球がうまくなる」だけでなく、このように野球を通じて人として成長する。後々の人生に野球を生かそうとしていくことを忘れてはならない。

「試合に勝つ」ということに関して言えば、何よりも大切なのは「準備」である。準備には練習、トレーニングをするという「フィジカル面の準備」と、心構えや最後まであきらめない強い気持ちを育むための「メンタル面の準備」のふたつがある。本校では基本的に準備というものは、一カ月前も、一週間前も、一日前でも変わらない。普段通りの平常心で試合に臨むことが、「何よりも大切な準備」なのである。

これは学校の勉強にも同じことが言える。試験一週間前にがんばって勉強するのもいいが、それよりも普段から地道に勉強していれば、一週間前だからといって慌てずに済む。試合や試験といった「本番」で実力を発揮するためには、何よりも「普段の地道な努力」が欠かせないのである。

人によって接する態度が変わるような、裏表のある人間にもならないでほしい。人前で自分を繕い、その時は相手を騙せたとしても、自分自身に嘘をつくことは誰にもできない。野球をやることで人間性を磨き、社会で活躍する人材となってほしい。突き詰めれば、私が球児のみなさんに願うのはその一点である。

この命が続く限り野球に携わっていきたい

私も気づけばもう60代中盤となったが、まだまだ体は動くし、選手たちとのランニングも毎日欠かさず行っている。70歳ももはや目の前だが、私は今の体力を維持しつつ、70歳になっても野球に携わっていたいと考えている。

私が監督をしているのは、若者たちが育っていく、あるいは人として成長していくのを見ているのがとても好きだからだ。

人の成長とはすなわち、人の変化である。人の変化は一朝一夕に成し遂げられるものではなく、毎日の小さなことの積み重ねの末に成されるものである。この変化は長期的な視点や展望がなければなかなか気づくことはできない。

私の指導とは、大上段に構えて選手たちに上から何かを押しつけるのではなく、選手たちの変化の兆しをいち早く察し、なおかつその変化がさらによりよいものになっていくよう手助けをすることである。私のお手伝いによって、選手たちがよりよく変化していってくれることが私の何よりの楽しみなのだ。

私は周囲の人たちの笑顔を見ることが好きだ。そして、私が周囲の人たちを笑顔にすることができるのは、「野球」という手段を用いるのが一番効果がある。だから私は野球の指導者を続けてきたし、この命が続く限り野球に携わっていきたいと心の底から思っている。

かつて、私は宮崎の日章学園で監督を務めていたが、その後、三重中京大のコーチになるまでの間は失業保険で食いつないでいた時期もあった。思い立ったらすぐに動いてしまう質なので家族にはずいぶんと迷惑をかけてきたが、これが私の生き方なのでどうしようもない。私に黙って付いてきてくれた妻には、本当に感謝している。

私は選手たちによく「なんで人に感謝するのか？」と尋ねる。そしてその後にこう続ける。それを、本章最後の言葉としたい。

「キミたちは私やコーチにノックをされて、しんどい思いをしたとしてもノックが終わった後に必ず『ありがとうございました』と言うよな。これはキミたちが『僕の守備力を高めてくれることに協力してくれてありがとうございました』というう意味で言っているんだと思う。『自分を成長させてくれてありがとうございました』と。感謝は瞬間に思う時、半年後に思う時、1年後、5年後、10年後に感じる時もある。自分が楽しかった、あるいは得をした時だけ『ありがとう』と言うのは本当の感謝ではない。本当の感謝とは、自分が辛い思い、しんどい思いをしたとしても、そこに自分の人としての成長を感じたのであれば『ありがとう』と感謝の思いを持つこと。それがもっとも大切なんだよ」

おわりに

ここまで、私が実践してきた『全員野球』の話を中心に、私なりの高校野球指導論を述べさせていただいた。本書を読めば、選手主体の『全員野球』は遠回りしているようで、実は全体の力を高める最善の方法だということが、おわかりいただけたのではないかと思う。

かつての私は、弱い人間だった。だから高校生の頃、練習では打てるのに公式戦では打てなかった。それを忘れずに覚えているからこそ、60歳を過ぎた今でも高校生たちの気持ちがわかるし、対等に話すこともできている。

強いチームをつくるには、すべては生徒（選手）との関わり方にかかっている。「俺は指導者なんだ」と大上段に構えていたら、選手との正しい関係性は築けない。選手と密に接し、フランクに話をしていれば、必ず選手たちは心を開いてくれる。そのきっかけをつくるのは、指導する側の立場の人間にしかできない。

チームを強くしたいがために、選手たちを怒鳴ったり、けなしたりする指導者は今でもたくさんいる。でも今の時代、教育のあり方、教師と生徒のあり方、親子のあり方などいろんなことが変わってきているだけに、昔のような指導をしていても選手との間に摩擦が生まれるだけで、そのような関係性では理解し合うことも、選手から信頼を得ることもできない。

結果的に選手は育たず、チームも強くなることはない。手間暇はかかるが、普段から選手に対して「マメな声がけ」をしていくことがとても大切だと思う。

指導者がなぜ悩むかといえば、それは「自分の思い通りにならないから」である。

「選手はこうあるべき」

「チームをこうしたい」

そんな思いが強すぎるために、いつも不満ばかりで、その苛立ちが選手に対する怒りとして表面化してしまうのだ。苛立ちや怒りを感じたら、まずは自分の足元を見るといい。

自分の指導はどうなのか？

「これが正しい」と独りよがりの考え方に囚われてはいないか？

自分の考えを主張するばかりの指導者では、選手たちの持っている力を十分に発揮させてあげることはできない。

選手たちは一人ひとり、個性も違えば考え方も異なる。それを十把一絡げの指導で済ますのではなく、一人ひとりにふさわしい対応を指導者は心掛けていく必要がある。監督主体ではなく、選手主体の考え方がどんな時も基本だと思う。

本書をお読みの指導者の方々には、選手一人ひとりとしっかり対峙し、本気で選手のことを考えてあげられる指導者であってほしい。そして、選手の今を考えるだけではなく、将来のことも考えて接するようにしてあげてほしい。

高校の野球部は大所帯のところも多いが、そういったチームであってもレギュラーだけと密に接するのではなく、その他の選手たちとも同等に分け隔てなく接することが、常勝チームをつくっていく上でとても大切だと思う。高校野球が終わったらそれで終わり、というような接し方を私はしてほしくない。

私たち指導者が選手たちとそのように接していくことで、選手たちはもっともっと野球が好きになり、その後も野球を続けていってくれることだろう。そうやって野球好きな人間を増やしていくこと、野球人口を増やしていくことも私たちの大切な使命だと思う。

私は、２０１９年4月から愛知啓成高校に赴任することとなった。指導者が不在で困っている現状を聞いた本校の理事長からは、「総監督には残ってほしいが、高校野球界のためにも愛知啓成を助けてあげたらどうですか?」との言葉をかけていただいた。

三重に住んで12年、愛着もあるし、三重高の選手や保護者、関係者のことを思うと後ろ髪を引かれるが、こんな私でも必要としてくれるのなら、できる限りのお手伝いをさせていただき、三重で培った選手主体の『全員野球』を、誠心誠意また別の地でも実践していきたいと思っている。

最後に、私の座右の銘の話をしたい。

「一日一生」

これが私の座右の銘である。朝起きて、寝るまでが一生。「今日が最後の日」だと考えれば一瞬も無駄にすることなく、「今日を楽しく過ごそう！」と充実した一日が過ごせる。朝起きてしんどくても「今日も一日楽しく、精一杯生きよう！」と思うことが大切だ。

人生は面白くないこと、うまくいかないことも多いが、ネガティブなことばかりに焦点を当てず、とにかく一日を悔いなく、楽しく過ごそうと思えばいい。そして、一日を振り返り「あの時、こうすればよかった」と思ったのなら、次の日はそうならないようにすればいい。

「一日一生」

この言葉を本書の締めとしてみなさんにお贈りしたい。

2019年2月

三重高校野球部総監督　中村好治

甲子園で勝ち上がる
全員力

2019年3月22日　初版第一刷発行

著　　者／中村好治

発 行 人／後藤明信
発 行 所／株式会社竹書房
〒102-0072 東京都千代田区飯田橋2-7-3
☎03-3264-1576（代表）
☎03-3234-6208（編集）
URL　http://www.takeshobo.co.jp

印 刷 所／共同印刷株式会社

カバー・本文デザイン／轡田昭彦＋坪井朋子
協力／三重高校野球部
カバー写真／朝日新聞社
編集・構成／萩原晴一郎

編集人／鈴木誠

Printed in Japan 2019

乱丁・落丁の場合は当社までお問い合わせください。
定価はカバーに表示してあります。

ISBN978-4-8019-1808-5